鲁言鲁语

— 鲁言 著 —

LU YAN
LU YU

浙江工商大学出版社
ZHEJIANG GONGSHANG UNIVERSITY PRESS
· 杭州 ·

图书在版编目（CIP）数据

鲁言鲁语 / 吴鲁言著 . — 杭州：浙江工商大学出版社，2021.6

ISBN 978-7-5178-4499-0

Ⅰ . ①鲁… Ⅱ . ①吴… Ⅲ . ①短篇小说—小说集—中国—当代 Ⅳ . ①I247.7

中国版本图书馆 CIP 数据核字 (2021) 第 097269 号

_{LU YAN LU YU}
鲁言鲁语

吴鲁言 著

责任编辑	沈明珠
封面设计	红羽文化
责任印制	包建辉
出版发行	浙江工商大学出版社
	（杭州市教工路 198 号　邮政编码 310012）
	（E-mai1：zjgsupress@163.com）
	（网址：http://www.zjgsupress.com）
	电话：0571-88904980，88831806（传真）
排　版	杭州红羽文化创意有限公司
印　刷	杭州高腾印务有限公司
开　本	710 mm × 1000 mm　1/32
印　张	8.25
字　数	163 千
版 印 次	2021 年 6 月第 1 版　2021 年 6 月第 1 次印刷
书　号	ISBN 978-7-5178-4499-0
定　价	36.00 元

前　言

　　2020年，是一个特殊的年份，平凡又伟大。我开始提笔创作此书。

　　本书由系列短篇小说组成。小说以江南某镇某村庄为原型，以"我""原住民"的视角撰写美丽新农村建设过程中出现的新人新事。写一个村庄在新农村改革中的昨天、今天和未来。作品正面刻画诸多人物，包括普通村民、革命老兵、各类乡贤、基层村干部、志愿者、机关工作者、外来人员、国企工人、支教扶贫人员、援疆医生等角色。作者在书写过程中特别注重体现地域特色，挖掘本土文化内涵，将各类先进典型人物与事例充分融入作品中。每个人物通过一个小细节舒展开来，使人物形象栩栩如生，从他们身上，能看到人性的光辉和高尚的品德。

　　与中国大地上千万个村庄相比，老朱家堂村的历史可能并不是最辉煌的，却是个非常值得谈论的村庄。大家不妨先试着听听，看看。

目　录

枕上书 　　　　　　　　　　　　　　　　　　 ／ 1

在那遥远的地方 　　　　　　　　　　　　　　 ／ 5

军歌嘹亮 　　　　　　　　　　　　　　　　　 ／ 12

除夕之夜 　　　　　　　　　　　　　　　　　 ／ 16

同事 　　　　　　　　　　　　　　　　　　　 ／ 19

掌声 　　　　　　　　　　　　　　　　　　　 ／ 25

那破旧的自行车铺 　　　　　　　　　　　　　 ／ 28

朱三爷的玉米地 　　　　　　　　　　　　　　 ／ 31

朱五爷的水稻田 　　　　　　　　　　　　　　 ／ 35

爱管闲事的朱六爷 　　　　　　　　　　　　　 ／ 39

挂红布兜的朱四爷 　　　　　　　　　　　　　 ／ 42

爱攒钱的朱二娘 　　　　　　　　　　　　　　 ／ 46

摘一片树叶回家 　　　　　　　　　　　　　　 ／ 50

她是谁　　　　　　　　　　　/ 54

朱家堂小学　　　　　　　　　/ 60

朱家堂村的老宅　　　　　　　/ 64

三叔造房　　　　　　　　　　/ 68

叼牙签的阿婶　　　　　　　　/ 72

老实人阿田　　　　　　　　　/ 76

呆头鹅阿珍　　　　　　　　　/ 80

瘪三阿林　　　　　　　　　　/ 84

同学阿芬　　　　　　　　　　/ 88

冰糖心　　　　　　　　　　　/ 92

幸福人儿的悲伤　　　　　　　/ 96

草坪上冒出的大青菜　　　　　/ 100

不懂事的孩子　　　　　　　　/ 105

什么玩意儿　　　　　　　　　/ 110

如鱼　　　　　　　　　　　　/ 114

如碗　　　　　　　　　　　　/ 118

如病　　　　　　　　　　　　/ 122

如饭　　　　　　　　　　　　/ 127

如花　　　　　　　　　　　　/ 131

如访 / 135

如旅 / 140

一个单身女人的故事 / 144

境界 / 148

爱情与婚姻 / 152

高烧 / 156

冷却的"情书" / 160

那枚口红 / 165

教养 / 169

俏大姐的退休生活 / 173

文艺青年龙叔 / 177

相遇 / 181

家和万事兴 / 185

五分钟休息时间 / 190

五百万 / 194

青春之殇 / 198

大上海 / 202

民营企业家 / 206

上海之缘 / 210

宠物狗小奇 / 215

美甲 / 219

农民画家 / 223

林贻的育女经 / 227

为谁而活 / 231

味道 / 234

那个萤火虫飞舞的夏天 / 238

后记：根 / 243

枕上书

一百零四岁的朱南山老爷天天坐在家门口，问："到底是你先死呢还是我先死？"同样已进入晚年期的老狗趴在地上，摇着粗壮的尾巴，在主人的脚趾上舔了舔。那些脚趾早已失去原有的色彩，变得灰暗、粗糙，趾甲厚厚的，颜色像粉尘，只有用锐利的刀才能削下一层。狗在老人的脚趾上舔了舔后，开始东张西望，后面跑来了老爷的孙子朱兴顺。

"爷爷，爷爷，您的重孙考上北京大学了，北京大学临床医学专业硕博连读，九年制呢！"兴顺手上晃着一张红通通的纸，大声地喊着，音调一声高过一声。

朱老爷抬起头，睁开他那浑浊的豆粒般的眼睛，慢吞吞地说了句："喊什么喊，你爷爷又不是聋子，我们家人又不是没上过北京，小良子不是北京师范大学毕业的吗？"

朱兴顺还沉浸在自己儿子考入北大的狂热中，小良是他大哥的儿子，听了爷爷的话，他辩解道："爷爷，小良是四年本科，我家小辉是九年硕博连读啊！那可是不一样的。"

朱老爷听了，再次微微地抬了抬头，迎着快要西下的太阳，悠悠地问："有什么不一样？不一样的是我死的时候小辉子不在身边，又少了一个！"

说完，一百零四岁的老太爷自顾站了起来，他那五十岁的孙子弯下腰想去搀一把，被他用左手挡住了，又用右手麻利地从屁股底下抽出一本杂志，掸了掸上面的灰尘，半弯着腰走了。留下孙子还在那儿半张着嘴，忘了接下去该说什么……

那老狗不作声，一骨碌爬起来跟上主人，往老宅子走去。

朱老爷进屋后，把那本发黄的已经掉了封面的杂志放在床头。床头边的书、杂志，新旧不一，大多数的纸张都发黄了。这些书都是小辈们送给他的，他们知道，朱老爷一辈子就拿书当枕头。

八十八年前的大婚之日，朱老爷的新娘子看到火红的床被上叠着书垒成的枕头，吓了一跳。朱老爷见了，嘻嘻一笑，说："你嫁鸡随鸡，嫁狗随狗吧。我没别的嗜好，就是爱书，喜欢拿书当枕头，你将就着吧。"

因为意外的一场大火，朱老爷家整柜整箱的书都被烧掉了。朱老爷一连几日整夜整夜地睡不着觉。好多古线装书是他的父亲留下来的，他的父亲是一个穷秀才，曾是大泡桐树下有名的朱校长，是朱家堂小学的创始人之一。

后来，朱大娘用旧棉花给他做了一个枕头，他不用，干脆绑了一捆烂稻草当了枕头。

很久后，朱家才重新翻盖了新房，打造书柜，朱老爷又枕上了书本垒成的枕头，心里这个乐啊。儿孙们陆续把各类书送来，书柜里很快就装满了书，朱老爷看着这一柜子的书，心里舒坦着呢。

八十岁后，朱老爷就不翻书了，每天总是半闭着眼在老宅不远处的操场上晒太阳，从早晒到晚，心里想着的可都是书里写的那些事。下雨天，就在老宅的屋檐下，半闭着眼听雨声，脑子里划过的，都是书里讲的那些话。

日子就这样一天天安静地流过。

年轻时的朱老爷爱大声地与邻里争论，甚至与村干部吵架。那些人笑他是满腹经纶的无用秀才，和他吵架，听他时时蹦出文绉绉的句子，权当是看一场热闹，从来不往心里去。

可渐渐地，村里人开始尊重起朱老爷家来。

别看朱家老宅普普通通，可朱家人丁兴旺，出了好多知识分子，尤其是出了一群人民教师。

但凡小辈们来和他道别，说要去上海了，要去北京了，他听了，只是微微睁一下微闭着的眼睛，继而又是一副瞌睡的表情，但有一样，是晚辈必须做的，否则，出了院门也会被朱老爷骂回来。

每个晚辈临走前，都要拿一本自己看过的书，恭恭敬敬地放在朱老爷的枕头上，这已经是不成文的规矩。放下书的那一刻，朱老爷总是抬起头问上一句："我死的时候你能回来吗？"

答应得痛快的，朱老爷会微笑一下，点点头。答应得有些犹豫的，会听到朱老爷的一声骂，然后，他长叹一声："快去忙吧，只要忙的是正事，回不回来都成。"

这阵子，朱老爷最爱听的，是谁找到对象了，谁要结婚了，谁家生孩子了。听到这样的消息，朱老爷就会与趴在身边的老狗继续唠叨一通："老伙计，咱们再多活些日子吧，好日子在后头呢。"

朱兴顺想起来了，他应该把刚得知的另一个消息先告诉爷爷，那就是，小良的妻子生了个儿子。

在那遥远的地方

他叫朱戈，妹妹叫朱壁。

小时候，村里经常有人问：你们的名字好特别，有什么意义吗？

于是，兄妹俩就跑回家问奶奶，奶奶总是摇摇头说："不知道，名字是你们爸爸取的。"

自记事起，他们就没见过爸爸妈妈，只有一张陈旧的黑白照。中间是爷爷和奶奶，爷爷腿上坐着一个两三岁的小男孩，就是他——朱戈，奶奶怀里抱着一个刚出生的婴儿，应该是妹妹朱壁，后面站立的除了叔叔和姑姑，还有一男一女，看上去有点黑，便是传说中的爸爸妈妈了。听说，他们在遥远的矿区上班。

朱戈就出生在那遥远的地方，还未满月妈妈就把他抱回了老家，由大家庭共同抚养。姑姑出嫁时，朱戈哭了个稀里哗啦，因为在他眼里，姑姑朱美娟就是妈妈，比奶奶还亲。

听姑姑说，朱戈三岁时见过爸爸妈妈，那时，爸爸陪十月怀胎的妈妈回来。第二天妈妈就生下了妹妹，爸爸邀请全家照了这张照片，完了就直接回矿区了。妈妈在老家待了十几天后也急急地回去了，所以，在兄妹俩的脑海里没有爸爸妈妈的概念，只有爷爷奶奶叔叔姑姑。

随着年龄的增长，有一次听到奶奶在唠叨："都这些年了，到底在哪个矿区也不知道，只知道汇钱来，也不回来看看两个孩子，孩子都不知道自己爹娘的模样。"

只见爷爷快速地把奶奶拉到一边，神秘地提醒："阿桢叫你别多问，就不要问。他在家时听父母的话，在校时听老师的话，现在是共产党员，当然得听党的话，有什么不放心的？"但奶奶仍委屈地哽咽着："我一个当娘的只想知道儿子在哪儿。"爷爷又严厉地说："战争时期，多少地下党员干的工作，他们的父母知道吗？都不知道！还要被人误解与迫害呢，这些父母可比我们冤多了。国家才成立十几年，听说埋伏的特务就有很多，估计这矿区就是保密单位，我们千万不要再提孩子们在矿区的事。"爷爷边说边紧张地察看四周，好像我们都是伪装的特务，叔叔听到了在角落里哈哈大笑，直夸爷爷："您的觉悟真高，不愧是老党员。"爷爷朱东海年轻时给三五支队送过鸡毛信，新中国成立后加入了中国共产党，是朱家堂村第一任大队书记。

就在奶奶唠叨的那年年末，除夕的晚上，全家人正打算吃饭，木门被轻轻地敲响了，奶奶去开门，只听她惊讶地喊了一声："阿桢！"声音是颤抖的。全家人不约而同地将视线投向了门口。爷爷神速地奔去，似乎外面有惊雷，院子里还晒着谷子。一个煤炭黑的男人迈进了屋子，音不高却无比坚定地叫了一声："娘！"他的后面紧跟着一位妇女，脸色也是像乌漆一样，还戴着一副黑框眼镜，看上去比奶奶老十岁，她也跟着煤炭男人叫了声："娘！"然后，两人差不多同时环顾四周，接着叫了爷爷，又叫出了姑姑和叔叔的名字，甚至叫了未见过面的姑父名字。

朱戈的心里猛然一惊，这是爸爸妈妈？可以说全村都找不到比眼前这两个人更难看更老相的人了。当时，他才六岁，还不知道非洲人长怎么样，长大后回想起来，当时的爸爸妈妈与黑炭真的没啥区别。

当这两个黑炭目光锁定兄妹俩，向他们走来时，妹妹呆若木鸡，一动未动。朱戈则不由自主地往后退，边上的姑姑一把拽住了他的胳膊肘儿，说："那就是你俩日思夜想的爸爸妈妈。"奶奶抹了抹眼角，甩开她平时惯用的大喉咙，吼道："快叫啊，快叫爸爸妈妈。"不知道是被奶奶的吼声吓着了，还是别的，妹妹"呼"地一下，跑到灶头后面躲了起来。而朱戈被姑姑往前推了一下，刚好推到那个黑炭男人面前，只见黑炭男人把手上的和肩上的包转交给叔叔，目不转睛地盯着他，蹲了下来，与他平视着，结巴地问："那么……那么……你就是阿戈了？"说着，他的脸上有了笑意，但朱戈感觉他笑得比哭还难看。很快，男人的眼里盈满了泪水，当时的朱戈已上小学一年级了，知道"男儿有泪不轻弹"的说法，心里便想，这人怎么能当我的爸爸呢，不光长得奇怪，还没骨气。刚想扭过头，黑炭女人也蹲了下来，严格地说，她是半跪着的，直接用手来抚摸朱戈的脸，朱戈吓了一跳。（他当时就发现一件怪事，那女人的脸很黑且有不少皱纹，但手并不老，与姑姑的手差不多，只是黑了一点。十年后，才知道，原来妈妈的手另有重大使命。）妈妈并没有像爸爸那么矜持，而是猛地一把将他搂进了自己的怀里，放声大哭起来，惊天动地的。

奶奶把妹妹从灶头后拎了出来。全家人哭成一团，朱戈和妹妹，好像是被周围的环境影响了，不知缘由，终究也跟着哭出了声。

还是姑父提醒大家是不是该包点饺子迎接哥哥嫂嫂的归来。当时，妈妈正一手搂着一个孩子抽噎，听到姑父的提议后，自告奋勇地说："我是北方人，我来和面，你们搞馅料。"兄妹俩此时才知道原来妈妈是北方人。

爸爸从黄色的布包里拿出一张报纸双手捧给爷爷，爷爷的字是他当朱家堂小学校长的父亲亲自教授的，当时爷爷还没入学，他的父亲却英年早逝，弟弟朱南山继承父亲的衣钵，酷爱看书。爷爷端着报纸看了好一会儿，两手开始不停地抖动，嘴巴张得大大的，似乎要说什么却说不出来。叔叔和朱戈都好奇地走过去看，那是一张《人民日报》，一朵蘑菇云正腾空而起——中国第一颗核导弹爆炸成功。这不是前段时间举国欢腾的大事吗？姑父把正在包饺子的姑姑也拉过来看报纸，妈妈却在那边低着头认真地擀皮儿，好像这事儿与她毫无关系。

奶奶正好把第一锅出来的饺子端上来，送到爸爸面前，爸爸拿起筷子将一个小巧玲珑的饺子吹了又吹，自己先咬了一点点，抱起妹妹说："阿壁，很好吃，你尝尝看。"三岁的妹妹以最快的速度享受着天上砸下来的父爱，一双小手怀抱着爸爸的脖子，咬了一小口，开心地说："好吃，真好吃，爸爸，你也吃。"然后又把剩下的小半口饺子送向爸爸的嘴边。爸爸亲了亲妹妹，回头却已泪流满面，无声地示意妹妹把那剩下的半口饺子给正在案头干活的妈妈尝，妈妈却又摆摆手让妹妹送往奶奶的方向。爸爸说："包饺子是你妈妈的强项，在戈壁滩荒漠里没那么多丰盛的菜肴，大家吃得最多的是妈妈包的咸白菜饺子。今天我们吃的是虾仁饺子，那边的战士，都十年没见过海鲜了。"姑姑听了这话上前紧紧地搂住了妈妈，低声抽泣起来。奶奶的泪水再一次止不住地流下。突然，爷爷抖了抖烟杆说："不要哭了，大过年的，都应该高兴，应该庆祝，敲锣打鼓地庆祝，老朱家的儿子儿媳妇都是好样的。"边说边向爸爸妈妈竖起了大拇指。

那晚，一家四口第一次睡在同一张大床上，妈妈为孩子们讲草原王子王洛宾的爱情故事，爸爸为他们唱起了《在那遥远的地方》，血浓于水的亲情早已使兄妹俩忘却了初见时的尴尬，他们牢牢地依附在爸爸宽厚的臂膀里，跟着爸爸的歌声来到了那个遥远的地方……

第二天，全家并没有敲锣打鼓地庆祝。爸爸说他和妈妈明天就要回到大西北，新的任务可能更为艰巨。

两年后，朱戈已是三年级学生了。当他从学校的报纸上看到大西北戈壁滩上再次腾起蘑菇云——我国第一枚氢导弹发射成功！那晚，他把报纸拿回家读给爷爷奶奶听。晚上，与妹妹两个人在被窝里激动得半夜没睡，因为这项伟大的工程里有他们爸爸妈妈的一份功勋。

又过了十年，爸爸妈妈同时退役回到了老家。爸爸被分配在县政协，在地方上算是个高官；妈妈被分配在县科技局。妈妈拿出一张很长很宽的黑白集体照挂在家中的白墙上，上面有钱学森、邓稼先等"两弹一星"科学家。原来，妈妈一直在实验室工作，她的手常年戴手套，有时要浸在化学物质中，所以没有她的脸那么黑。

不幸的是，爸爸在退役后第十年便去世了。听说，他们的战友中很多人在这十年间去世了。妈妈退休后不久也因病去世。临走前她告诉兄妹俩，位于青海的中国原子城所在地有他们的亲弟弟朱海。当年因工作特殊，妈妈生下弟弟后就把他送给了当地牧民抚养。

妈妈走后的第三年，兄妹俩找到了弟弟，原来那户善良的牧民人家也在找爸爸妈妈，他们一直告诉弟弟：你的爸爸妈妈是矿区里的科学家，你是汉族人。

2018年5月，朱戈约上妹妹一家，带着儿子一起来到中国原子城，那里已成为国家级爱国主义示范基地。如今五十多岁的弟弟也已儿孙满堂，是个完完全全的牧民。弟弟说，朱家的子子孙孙会代表汉族人民世世代代扎根在青海这片广袤的土地上，替爸爸妈妈永远生活在他们曾经奉献了青春和生命的草原上。朱家人相聚在原子城的金银滩草原上，纵情高歌王洛宾的《在那遥远的地方》，歌声嘹亮，传出很远很远，直到天际……

　　今天，老朱家堂村已经拆去了一半，朱戈和儿子两家共分得两套村里自建的农家别墅，但他还是决定把其中一套留给青海弟弟的孙子。

军歌嘹亮

天蒙蒙亮时，朱大爷自然醒了，他似乎又听到了嘹亮的军号声，听到整齐威武雄壮的军歌声。老人迅速地起床，神速地将被子叠成方块，打开门，迈步到阳台上，这是他们农家别墅顶层的制高点，从这里眺望，可以看到远处的鱼肚皮。老人站直身，挺了挺胸，慢慢地抬起头，缓缓地举起手，向远方敬军礼……就这样久久地站着，站着……

今天，是个特殊的日子。七十年前的今天，大爷朱仁德随部队出发，成了一名抗美援朝志愿兵。他忘不了当时出征时气壮山河的场面，所有的一切，在他的脑海满满地盘桓着，永远挥之不去。他经常会拿出珍藏了半世纪之久的军营物件，一件件地抚摸，一件件地仔细观看。一个战友送的军号，一只行军挎包，上面有亲手绣的五个字"为人民服务"，虽然四十年过去了，但那五个字依然鲜亮清晰，还有一个补了无数次的白色搪瓷杯，一个警卫员才有的红袖章。这些旧物在别人的眼里，可能就是一堆废物，但在老人的眼里珍贵无比，那是岁月的见证，甚至是昨天荣耀的证明。他一看往往就是半天，没有任何事物能打扰他的回忆。

其实，当时朱家堂村一起参军的还有他大伯的儿子——只比他大三个月的堂哥朱仁桢，只是在部队中堂哥提干读了军校，后来还参与了第一颗原子弹的研发，成为整个朱家堂村的骄傲，现已过世。而他朱仁德退役后依然是农民。

朱仁德六十岁的儿子朱兴亮在院子里从楼下往上看，他能清晰地看到父亲雄伟的身姿。父亲已经八十八岁了，但依然保持着军人应有的威严，那是老人几十年如一日每天早晨面向东方敬礼的习惯所造就的。与往日不同的是，今天，父亲的胸前佩戴了一枚金光闪闪的勋章。那是中国人民志愿军抗美援朝出国作战七十周年纪念章，由中共中央、国务院、中央军委共同颁发。勋章映得他的脸更加庄严甚至悲壮。或许，父亲在此时想起了当年一起跨鸭绿江时沿途倒下的战友们；或许父亲想起了当年在猫耳洞里寒冷饥饿中的坚守；或许父亲知道了刚刚逝去的老战友，没能在这个时刻领到代表他们一生荣耀的纪念章。

前段时间，统计上报申领纪念章时，父亲当年的老战友杨叔叔的女儿打来电话，说她父亲当年的档案查不到了，无法证明自己朝鲜作战的经历，没有申报领取纪念章的资格。杨叔叔退役后转到一家地方国营企业工作，但该企业于20世纪90年代末转制给了个人，而职工档案在转制过程中流失了。如今，杨叔叔与父亲一样患了阿尔茨海默病，已说不出自己部队的番号，城里的家因多次搬迁，所有的老旧物件都遗失了。朱兴亮只知道杨叔叔与父亲一样都是从白龙镇，也就是当年的白龙公社出去当兵的。他俩到了部队后分在不同的队伍里，朱兴亮的父亲退役早，回到了村里继续务农。杨叔叔转业迟，且后来转业到了国企，究竟什么原因使两人在不同时间退役，朱兴亮也不清楚。父亲健康时经常提起杨叔叔，两位老人偶尔也有电话联系，但患病后就慢慢失去了联系。朱兴亮也曾想拿父亲的那些旧物中的一件给杨叔叔的女儿，让她去证明自己父亲的抗美作战经历，但老父亲天天要拿出来翻看一次，朱兴亮话到嘴边又咽下，他不能随便处置父亲的珍贵老物件。杨叔叔的女儿说自己的父亲早已不能准确表达，但每天早上都会唱那首"雄赳赳，气昂昂，跨过鸭绿江。保和平，卫祖国，就是保家乡。中国好儿女，齐心团结紧。抗美援朝，打败美帝野心狼"的军歌，她也曾拉着父亲到当地人社部门，说自己的父亲要是没有亲历过抗美援朝的话，都病到这份上了，哪位老人还会记得唱这首歌呢？工作人员很感动，却说：你们还得找到有关单位，由单位证明盖章再上报，否则我们真的爱莫能助。可杨叔叔的女儿找不到这样的单位，她多方走访都没有找到一丝能证明父亲是当年抗美援朝老兵的证据。电话的那端，杨叔叔的女儿哭得很伤心，她说父亲这个活证在，为什么就不能证明呢？朱兴亮理解这位妹子的心，因为他理解这枚纪念章对自己父亲的意义，就像他理解眼前父亲每天站在楼顶向东方行军礼的意义。像今天这样的日子，父亲戴上那枚勋章，身材更显伟岸与高大，这是父亲给他们的榜样和力量。

昨天父亲如期拿到了纪念章，他给杨叔叔的女儿打电话，本想过几天带上老父亲，把勋章和那些老物件一同带过去让杨叔叔看一看。可谁知，杨叔叔的女儿在电话那端哽咽地告诉他：父亲走了，活证消失了。她再也听不到父亲唱"雄赳赳，气昂昂，跨过鸭绿江……"

朱兴亮手捧着电话，不知道如何安慰对方。

此时此刻，他再次抬头仰望楼顶的老父亲，或许，那嘹亮的歌声穿过村庄，能抵达天堂，让所有曾经保家卫国做出贡献的军人都能听到，永不消失……

除夕之夜

"咩……咩……"

除夕夜的村庄上空如往常一样响起了咩咩的叫声，那声音不是来自羊儿的欢叫，而是半智障老人林志锋的叫声。

听到声音，老支书林大山似乎记起了什么，手里端着一叠锅盒从家里走了出来。其实，他进家门不久，十分钟前还在村里巡逻。他的身后跟着一条小尾巴，孙子小林林的声音响了起来："爷爷，我要放焰火，放焰火。"小林林后面是大林林，双胞胎兄弟，五岁，大林林却在哭："我要爸爸，爸爸答应给我买鞭炮的，爷爷，我爸爸在哪儿?"老支书马上回头一凶："回去，都给我回去!"两个小孙子被吓住了，跑出来的是奶奶朱春芬，个子比普通妇女来得高大些，地道的农妇，六十多岁，脸色红润，中气十足，像抓小鸡崽似的左右开弓，把两个孩子抱回了屋，一边大声地说："林木，你给两个侄子的鞭炮买了没有啊?"里面大儿媳妇正在灶台间炒菜，大儿子在移桌子准备开年夜饭，回头大声地答："早买好了，怕给两个小子弄坏了，藏起来了。"边上正读初一的漂亮女生正边唱边跳独自看电视，那是老支书的小孙女林莎莎，电视机里正播放着欢快的音乐，一派祥和。

老支书循着"咩咩"的叫声，走在村庄的水泥路上，路边的杆子上挂满了一个个亮堂堂的红灯笼，喜庆吉祥。这是三天前他看着村干部花了半天一个个安装上去的，当时爬梯子，看那几个年轻人不熟练的动作，他急着要上去，被拦住了。七十岁的老支书还是备受尊敬的，大家可不敢让他爬高，由他指挥便是。近些年来，老支书明显感觉体力确有减弱，所以听了家人的话，在三年前的换届选举中退了下来，由原来的村主任朱善华担任支书。他相信朱书记一定能带领村民过上全面幸福的小康生活。

偌大一个朱家堂村，由六个自然村组成，其中大林村是最大的自然村。老支书林大山是大林村人，老支书的小儿子林忠是文城市人民医院感染科的副主任医生，儿媳妇朱蓉是护士长，今年因特殊情况都在加班加点，孩子们吩咐二老不要串门，不要互相拜年，更不要在家里摆饭请客。今天早上小儿子来电话，说晚上就要出发去支援一线，电话这头的老支书呆了，一下子反应不过来。其实，他很想骂儿子：你们这么大一个医院，干吗要你去啊？但就在那一瞬间，三十年的老支书生涯告诉他，他不能说这样的话，他是一名老党员，还曾是全区优秀共产党员呢，他怎能说出这样没觉悟的话来呢？他沮丧地把电话转交给了老伴，就像转交一个快要爆炸的地雷一样，很快，老伴歇斯底里地爆炸开了："这么大一个医院，干吗要你去啊？"还接着骂："爹种，你像谁哪，啊，你是我生的，不是你爹生的，你学他？冲什么锋？陷什么阵？轮得到你吗？不许去，我年夜饭的菜都准备好了，马上给我回来！全都给我回来！！！"但很快，老伴这儿风云突变，音量慢慢低了下来，只有抹眼泪的份儿，拿着电话筒说："儿子啊，千万要注意安全，你是林家的栋梁啊，你爸老了，你哥不中用，全家就靠你了。"然后呜呜呜地哭了起来。真是的，谁老了？我才七十岁啊，这老伴，要是在平时老支书肯定与她闹上一回，但今天，他夺过话筒，对那头的儿子说："去吧，这是你的职业使命，把两个小子送过来，我以党性保证一定帮你们带好了。"

白天，朱书记请老林支书过去商量了村内工作，并召开了村委扩大会议，尽快行动起来，确保村民们过个祥和平安的春节。

这不，忙了一天，刚进家门，听说两个孙子是大儿子去亲家公家里接来的，小儿媳妇要送儿子出征，晚上还要值夜班，这个除夕夜注定多了份冷清。

"咩……咩……"整个村庄的宁静再次被打破。

半智障老人林志锋是朱家堂村最年长的低保户孤寡老人，无依无靠，靠吃村里百家饭得以生存，三十年来的除夕夜都是老林支书负责给他送年夜饭。老支书忍不住打开锅盒子，看了看，共五层：红烧猪蹄、竹节虾、红膏蟹、炒青菜、桂花圆子羹。他在黑暗中点点头，不知道是在感谢老伴还是表扬大儿媳妇的菜肴搭配丰富。

老林支书听到咩咩的声音，不知不觉又加快了步伐……

同　事

这是入冬以来最寒冷的日子，干完这一班，吕艳就可以回老家了。她是北方人，虽说来南方已有五年了，但依然无法适应这里阴冷的冬天，尤其这几天一直在淅淅沥沥地下雨，甚是寒冷。"叮"的一声，微信提示音响起，吕艳快速地拿起，心里马上有一股暖流浸润，一种美好的情愫在她的心田一点一滴地扩散、渗透，她禁不住笑起来。她再也不用独自前行了，她似乎看到了妈妈的脸笑成了夏日的向日葵，正在门口迎接他们的到来。

"还有十分钟就下班。"吕艳给男朋友回了信息。她已看到同事小鲁走进值班室更衣了，等一会儿还有同事郑瑜，她俩是来接吕艳和护士长朱蓉这班的，但吕艳和小鲁差不多有半年没说话了。不为什么，只是吕艳看不惯小鲁的心直口快，另外，听说她的父母是政府官员，似乎高人一等。小鲁也看不惯吕艳的懒惰推诿。按理说交接班时彼此需要交代些什么，但吕艳每次交班只与郑瑜说事，小鲁也不向她提问，有什么事情都问护士长，当然更多的工作有台账记录，这个三甲医院自成立以来，各项工作制度和秩序都很规范。

小鲁已换上白大褂，径直走来，吕艳并不打算迎接她的目光。小鲁却久违地在她身边停下，说："你回家途中别忘了戴口罩。"护士长朱蓉不在，临时被院部叫去开紧急会议了，这话不是明着冲她吕艳说的吗？要接话吗？小鲁似乎是在关心她呢，但吕艳好像并不需要这份多余的关心，作为感染科护士她早就从网络上听闻有关消息，没什么大不了的。小鲁说着从口袋里拿出一包口罩递给她："给，这是我刚从外面买的，估计很快我们的口罩都会供应不上。"这下，容不得吕艳多想，用狐疑的目光看了看小鲁："谢谢，不用，我自己可以去买。""但愿吧，听说口罩很难买到了。"小鲁叹了口气坐下来，她拉开抽屉，拿起一张白纸开始写什么。

吕艳不想听小鲁胡说八道，她这个人就是心直口快，口罩难买？这不是制造恐慌吗？作为一名医护人员，小鲁居然也说这话，吕艳打心眼里看不起她。其实，昨天看到个别同事偷偷地多拿了几个口罩，肯定是拿回家的，吕艳也看不起她们，她吕艳不打算拿公家的一个口罩，更不会去外面哄抢口罩，这点素质，她有！她把口罩还给了小鲁。

这时，护士长朱蓉边接听电话边从外面走来，一脸的坚毅，她的耳朵在仔细听电话，但眼光已经投向了吕艳与小鲁，还有不知道什么时候已到来的郑瑜。大家都感觉到了护士长的神情不一般。

放下电话，护士长严肃地说："接上级紧急通知，大家心里要有个准备，省里可能还要抽调部分医护人员紧急支援一线……"

"啊？"未等护士长说完，吕艳的眼镜差不多惊掉了，而只比她大半年的小鲁却从容地站起来，向护士长递上一份报告，说："护士长，这是我的申请书，我去！"

护士长接过小鲁的请战书，认真看了起来，一会儿，护士长抬起头，眼里已盈满了泪水，顿了几秒，说："我是护士长，工作经验比你丰富，应该我去！"然后把请战书还给了小鲁，又拍拍她的肩膀说，"好样的，谢谢，谢谢你，小鲁，你还小。"

"护士长，你家有两个五岁的小孩，小林林他们需要母亲的照顾，你不能去！"小鲁急了，她说话向来如此直率、真诚。

"不是还没最终定下来吗？护士长，你别吓我们。"吕艳说，刚才心里流淌的那股热血已经被眼前的消息冲得无影无踪。去年除夕，她在值班，又因为单身，就没回老家。今年，有男朋友了，很想带回老家去"炫"一下，让亲人们高兴高兴，而且她找的男朋友是文城市重点中学白龙中学的语文教师，正带高三毕业班呢。

"没有吓你们，吕艳，你有可能不能回老家了。当然，最终还要等上级通知。"护士长不好意思地说。

"护士长，让她回去吧，吕艳去年也没回老家，我来顶班。"一直默无声息的郑瑜说，她与护士长同龄，都上有老下有小，郑瑜的儿子刚七岁，是一年级小学生。

护士长欣慰地苦笑了一下，问吕艳："什么时候的动车？"

"明天下午4:30的动车，直达老家。"吕艳答。

"那你先回去吧，路上注意安全。"护士长想了想说。吕艳快速地整理了一下桌面，更换衣服，背上黄色的新背包，匆匆下班了。

小鲁把那包口罩递给郑瑜，示意她追上去给吕艳。

第二天，吕艳一早打开手机，呆了，她扶了扶眼镜，仔细再看了几遍。

男朋友发来微信问她几点钟出发，她没有马上回，而是在想着应该先给妈妈打个电话，怎么说才合适，或者说才能骗过妈妈的慧耳。

下午4:30，吕艳主动来科室报到。护士长朱蓉动情地说："真对不起，大过年的，你妈又不能看到毛脚女婿了。"

吕艳笑吟吟地回答："护士长，没事。我和妈妈可以视频啊。等他放暑假时，您再允我一周的假就行了。"

郑瑜在边上愉快地替护士长做了回答："没问题，还是我来替你顶班。"

护士长却忧伤地说："你们两位今天晚上辛苦一下值夜班，我和其他几位同事去准备参加紧急培训，明天晚上出发。"

吕艳再一次被惊呆，眼镜直接滑了下来，又被迅速扶住："怎么说走就走啊？明天可是除夕啊！"

"没有除夕，时间就是生命，这是我们医护人员的天职和使命。我们都是共产党员，我们讲的是组织的党性和纪律。"

朱蓉铿锵有力地边说边伸出自己的右手，举到耳边做了个入党时的宣誓动作。刹那间，全科室的同事都觉得胸前的党徽正闪闪发亮……

之前，吕艳总觉得时间过得太慢，因为心里住进了一个可爱的小男友，急着想见他呢。如今，吕艳希望时间过得慢些，再慢些。她不知道小鲁这一去，会有什么样的状况等着她，其实，她俩是同一届毕业的护士，今年才二十七岁，说工作能力和经验真的都不如那些老护士，但她心里清楚小鲁平时确实比她努力，更有目标，凡事都迎难而上，而她吕艳有时会怕，怕这怕那，小鲁有时心直口快地要点评她，这令她很不好受，小鲁有什么资格对她指手画脚的，甚至觉得小鲁从骨子里瞧不起她一个北方人，所以，她才把对方立为"敌人"。想不到，大是大非前，小鲁却是第一个送她口罩想着她安全回老家的人，也是小鲁第一个站出来写请战书替护士长前行。这样真诚的同事，以前她为什么要敌视呢？她为自己感到羞愧。现在，她只希望时间过得慢些，让小鲁多做些准备吧，也让她再想想，明天无论如何要去送送小鲁，对她说些什么话。

除夕，医院比平时显得灰色且寂静。晚餐时间已过，陆陆续续地已经有领导和同事站在了院门口。吕艳拉了男朋友一起来，她知道小鲁还没有男朋友，但她还是愿意把自己的男朋友隆重地介绍给她，就像介绍给自己的闺蜜一样。

小鲁来了，穿着一件红艳艳的羽绒服，护士长没获得批准去一线，她第一个上去拥抱了小鲁，说了句："你的衣服真漂亮，等你凯旋！"小鲁却调皮又淡定地回答"放心吧！"说完，将右手举到耳边做了个入党时的宣誓动作。本以为这个动作只有她们科室的成员看得懂。谁知，护士长朱蓉的先生、本院感染科副主任林忠，本院驰援一线的四个医护人员之一，他也跟着举起了右手。很快，所有在场的医护人员都不约而同地举起了右手，是宣誓，是敬礼，无声胜有声！

送别的队伍中，唯有小鲁的家人没来，听说她父母都忙于工作中。

几天后，文城市人民医院第二批征集赶赴一线的医护人员名单中有一个惊艳的名字：吕艳！

掌　声

一张大得像电饭煲似的脸盘在村西门口晃动，那是阿国嫂，正扯开她那破嗓子放炮："不让人回家了！不让人回家了！"迎面走来拿着一捆结实塑料绳的村主任黄国华，他皱了下眉，不耐烦地说："喊什么喊，村里有喇叭。"

真的，就在黄主任说完那句话时，村上空的大喇叭开始广播："各位乡亲：……形势越来越严峻，请乡亲们在家多通风，勤洗手……不要串门……已正式开始封村……"

村西门口的路已禁止，就在阿国嫂家边上，阿国嫂刚从菜市场回来，一定要下田抄近路回家，当然，如果她硬要这么干只能把田里的庄稼给踩了，村主任和村干部周永刚两个人在田上拉线，他们要求阿国嫂绕道走开放的村东门，但阿国嫂不高兴："我干吗要去拐这么大的弯？这是我的家，爱怎么进就怎么进，我又没得病，你们要防也得防外地人，难道把我一个本村的也当外人？"周永刚说："没把当你外人，但对你开放了就是对外来人员都开放，那不又乱了吗？"阿国嫂继续："本来就不该这样，我活了五十多岁，从来没听说过封村，自古以来没有的事！""那不是没办法吗？你以为我们愿意啊？你没听到每天新闻和广播里报的情况，别以为我们本地人没事，那几个住在人民医院的也是本地人！""那都是从外面回来的本地人！"阿国嫂还在那儿嚼舌头，黄主任已经把绳拴在桩子上，结结实实扎了几圈，还用大片渔网拦了起来。阿国嫂想趁机一头钻进来，捡个便宜，他突然大声喝道："你不是每天晚饭后散步锻炼吗？今天就不能多走几步？走走，那两个口罩是我家阿凤自己做的，给你。你没事干，也跟她去学做几个。"村主任的老婆阿凤与阿国嫂是发小，长大后都嫁到了大林村。说到阿凤，阿国嫂闷声不响了，拿着口罩折回去了，哼了句："就看在我阿凤的面子算了，不与你们计较。"周永刚对着她那发胖的背影说："阿凤变成她家的了？什么她的阿凤面子，是阿凤的口罩吧？"两个大男人相对哈哈大笑起来，一场干戈就在两个自制口罩中化解。

傍晚时分，五六个村干部和村民代表正干得热火朝天，有的卷起了裤管，有的脱下外套，更有摘下口罩喘着粗气，说着段子边干活边互相取闹，场面和谐欢快。其中，递砖头的是女干部林莉莉，别看她个子小，干活一点不比男人差，开始她要求拌水泥浆，黄主任不同意，让她递砖块，她可能嫌递砖的活儿太轻松，一会儿递砖头，一会儿拎水泥桶，一会儿爬上墙把自己当工匠使。当阿凤带着阿国嫂把热气腾腾的肉包子和姜茶端到她面前时，她还不知道，差点撞翻了杯子。素日最好斗的阿国嫂却被这样的场面感动了，捧杯子的手在颤抖，茶水都快洒出来了，哽咽着说："莉莉，你一个女人家别干得这么猛，当心腰身。"莉莉不敢相信这话出自阿国嫂的嘴，眨了眨眼睛，才看清眼前的人，惊奇地问："阿国嫂，听说你和阿凤姐做姑娘时都是全乡有名的绣花纺织能手。现在口罩紧缺，我们村民都买不到，我代表村妇委会，邀请您加入阿凤姐的口罩自制组，为村里做好事，可以吗？"阿国嫂爽快地答应："当然没问题，我上午已跟着阿凤在做口罩了。下午跟着她做包子，只要村里给我们多弄点原材料来，我们可以多制些口罩。"听了阿国嫂一百八十度的大转弯，村主任发话了："我家阿凤的面子真大，把你给教育过来了？"阿国嫂动情地说："今天才知道，我家那个在人民医院当护士的侄女小鲁昨天支援一线去了，她在家庭群里发了一个视频，那边的护士丢失了一个N95口罩都快崩溃了，因为口罩不足，医护人员都在哭，太可怜了！我再也不给国家和村里添麻烦了，我一定努力多做些漂亮又安全的口罩供大家使用。"

所有在场的村民都使劲鼓掌，掌声连成一片，阿国嫂的眼睛模糊了。

那破旧的自行车铺

朱二爷一辈子没有做过什么露脸的事，也没有做过多少现眼的事。

他是个极其普通的村民，几十年如一日，一直在村口的老樟树下修自行车。他已经很老了，似乎与村口那棵老樟树一样老了，但树越老，乘凉的人越多，而朱二爷摆放在村口的修车铺却并没有因为他的年老而越来越兴旺，因为骑自行车的人越来越少了，生意自然越来越淡了，甚至有时连续几天都没一单活儿。但朱二爷仍坚持着，偶尔来修车的人，可能是从很远的村庄过来的，据说其他村已经找不到类似的修车铺了。或许这就是朱二爷坚持的意义所在。

有生意时，朱二爷当然是精神抖擞的，好像自己正干着一件非常重大而有意义的事，地球缺他不可，整个朱家堂村缺他不可。每次修完自修车，朱二爷总爱点上一根劣质的烟，讲述年轻时经历的故事，讲得最多的是日本鬼子被朱家堂村人扫出去的那场战役。也就那几个比他小一轮的晚辈爱听；

再年轻一代的村民不骑自行车了，都开着车进城镇上班了；剩下的还有一群正在上幼儿园牙牙学语的小朋友留守在村里，跟在爷爷奶奶屁股后面，他们压根不知道日本鬼子这档事，更无法想象日本鬼子到过脚下这片土地的事实。有村民说，每当朱二爷的目光在古怪地转动时，肯定又是想起了几十年前的那次与日本鬼子的激烈战斗……

没生意时，朱二爷就用他那古怪的眼睛望着对面马路上来来往往的各类小轿车，数个儿，常常坐在那儿像被雾笼罩了一般。有时晒着太阳靠着大树半眯着眼睛似睡非睡；有时看着那粗壮的古樟树，当温暖的阳光穿透浓密的树叶，斑驳的影子落在他身上，恍如回到六十年前，只是当年，这个村庄会不停地有老人、妇女、儿童走出来，这个时间大家都会拿着家什往地里赶，还有隔壁邻里之间最温情的问候，来往的还有猫、狗、鸡、鸭、鹅、牛和羊，甚至还有黄鼠狼……

他知道，如今外面的世界早已变了样，今天的朱家堂村也早变样了。人少了，牲畜也少了，车辆倒多了起来。尤其是双休日，现在的城里人往农村这边跑，都来看美丽新农村，好多年轻人也回来了，重新修葺了房屋，做起了农家乐和民宿生意，那些房子门前挂满了各色小盆栽，小草小花，城里的人都称赞说好清新雅致的农院啊。朱二爷就在那儿轻轻地笑，笑那些没见过世面的年轻人。几十年前，他们家的小院到处是小草小花和野藤，那些充其量只能算是野花野草，什么时候能登上大雅之堂？那是酱油过泡饭的日子，当时谁又会稀罕那些自生自灭的花花草草？唉，风水轮流转哪，农村人讲究，三十年河东，三十年河西，这风水居然也会转到农村的花花草草上，这是朱二爷怎么也想不明白的事儿。他的目光又古怪地转动了几下。

有时那些骑电动车的人会停下来问他，修不修？他会惊奇地望一眼对方，摇摇头，算是回答了，潜台词是：你看我这八十多岁的老人能修那先进的玩意儿吗？

2018年春节后，朱二爷突然因病过世了。

村口大树下，村民们再也看不到那破旧的自行车铺了，没有了修车铺，郁郁葱葱的绿树荫下显得空荡荡的，总是少了什么，实际上那是大树底下本该有的面目，但大家经过村口时都会想起朱二爷的自行车铺，似乎那铺子永远不该消失。

后来，有外地人在那儿摆起了水果摊，卖的都是外来人口在附近租用的土地上种的新鲜葡萄、白瓜、西瓜、黄瓜等。后来演变成一年四季水果都齐全：文旦、杨梅、甘蔗、苹果、哈密瓜，这些都是贩来的水果。我每每经过那些摊位时，依然会想起朱二爷那破旧的自行车铺，以及他认真修车的模样和古怪的眼神，一切好像就在眼前。

听说，最近还有人从老远地方用小货车载了一辆旧自行车过来，想找我们村可亲可爱的朱二爷修车。

朱三爷的玉米地

　　老林支书进来时，朱三爷正在闷头抽烟，烟雾正弥漫整个屋子，他连抬头的意思都没有。

　　老林支书问："怎么又抽上了？医生不是不让抽了吗？"

　　朱三爷答："医生的话能听吗？你家林忠还是专家呢，每次回到村里碰上了总是先递一根烟给我呢。"

　　老林支书辩解："那叫尊老，递给你烟时他不是医生，只是你的侄子才对。"

　　朱三爷："不管他是我侄子还是你儿子，反正他是医生，他自己都抽烟呢，还不让我抽烟？我都半身在土里的人了，还穷讲究什么？"

　　老林支书被说得目瞪口呆，走过去，从朱三爷放在桌上的那包破烟里拿出一根也抽了起来，原本烟雾缭绕的屋子里差不多是浓烟滚滚了，但他管不了那么多了，他今天要与朱三爷一起抽个痛快。

　　两个上了年岁的老人就这样一声不响地继续抽了半晌。

轮到朱三爷不解了，开口问："怎么？听说你家玉米地也要被浇成水泥地了？"

老林支书不作声，故意发出"吧嗒，吧嗒"的抽烟声，像是在回答，又像是在回避。

"朱家堂村还有你办不成的事？"朱三爷抬起深深的额纹，盯着他追问。

"不是我办不成，是林木的媳妇太作了，这么闹下去，小两口日子没法过。仁堂哥，你看看，我是不是得学你，要放手啊？"朱仁堂是朱三爷的学名，他老爹朱南山给取的。一般情况下老林支书是不叫的，顶多叫声三哥，从不带名。那声"仁堂哥"说明当下老支书内心是多么纠结啊。

"学我？"朱三爷反问。然后皱了皱眉，他的抬头纹更深了。老林支书看不懂对方在想什么。

老林支书在村里没服过谁，唯一服的就是老搭档朱三爷，朱三爷比他大五岁，今年七十五了。当年，他俩一起打过铁，一起做过豆腐，一起去修过水库。在那最艰难的岁月相伴做过许多常人没做过的事，吃过常人没吃过的苦。今天，农民的生活发生了翻天覆地的变化，这在七十年前是无法想象的。朱家堂村成了文城市第一批美丽新农村建设示范村，村民的日子越过越红火，越过越和美，他朱三爷脸上那些天生的额头纹理没有随年岁的增长而加深，反而更显舒畅了。但村民的土地被征用了，很多房屋被重新规划建造成错落有致的农村别墅。只剩下屋前院子里的那块地，种点玉米、土豆、冬瓜、青菜、萝卜，一年四季郁郁葱葱的，不光解决了绿色蔬菜生产问题，也解决了剩余劳力问题。他们虽老了，可一辈子还真的没歇下来过，也不想歇。半年前，朱三爷家门口的玉米地被儿子生生地铺上了白晃晃的水泥。老林支书当时就想，这一浇会不会带动村里其他年轻人呢。果然，一下子蔚然成风了。他曾在家里餐桌上给小辈们暗示过，话里话外明确表示，朱三爷家的朱兴林这个做法不地道，以后朱三爷没事干会出事的。

　　果然，朱三爷在半年后查出肺部有阴影，病情不轻，但大家都说这不关玉米地的事儿，哪怕玉米地不变成水泥地，朱三爷的身体迟早要出问题，因为他抽了一辈子的烟。但老林支书不认可这种说法，村里长年累月抽烟的何止一个两个，朱三爷那几个兄弟，谁不抽烟？除了朱二爷，连一百零四岁的朱老太爷也好好活着哪。朱老太爷因长寿还上过省城的电视呢。朱家堂村是全市闻名的长寿村，当然，长寿的主因是村庄背靠青山，面朝绿水。朱三爷仍活着，只是说这个阴影真的不太好。要不是这个岁数了，应该去开刀，不开刀是属于保守治疗。而朱三爷家小儿媳说，亏得把玉米地收了，否则，老爷子的病会加重，现在至少什么活儿也不用干，算是享清福了。大家心里明镜似的，朱三爷自从失去了门前的玉米地，整个人没了精神气儿。医生明确不让他再抽烟，他为了提神，仍然不停地抽烟，而且比之前抽得更凶猛了，那不明摆着不想活了吗？

　　朱三爷想念玉米地的事估计也只有眼前的老林支书能感同身受，因为他也即将失去心爱的玉米地，而且，现在正是玉米成熟的季节，而他大儿媳妇不能等玉米成熟再铺水泥地，她已请了泥工，明天早上就要把玉米全拔了。为什么？因为大孙女下半年要结婚了，说不能再等了，要尽快在玉米地上浇筑出大块的水泥地，让新女婿迎娶新娘的车子能直接开到家门口。这理由听上去很堂皇，在大孙女面前，老人们还真的没话语权，这可是最心爱的孙女。大孙女一直在他们身边长大，参加工作的第一个月就给爷爷买了两条"华子"，给奶奶买了新衣服。每逢过年过节，给爷爷奶奶买的东西比给自己的父母还多。这个借口触到了老支书的软肋。

朱三爷听了却呵呵地笑，阴阳怪气地反驳一句："什么新女婿接新娘子时地方大些，接新娘子只一时的，难道天天有那么多人来你家接新娘子？你家有那么多新娘子可接吗？而玉米地变成水泥地了再也变不回来喽。想知道我家玉米地被占时，我儿子什么理由吗？一会儿说是玉米地太招蚊子，不干净；一会儿说是为了让我好好养老，清闲点；一会儿又说是为了符合新农村规范化建设。难道这么美丽的新农村就不能在家门口种菜？难道只有水泥地才符合乡村文明建设要求？村委会可从来没要求过，怎么，我儿子现在比朱书记、黄主任的觉悟还高？好像他接了你的位置似的。"说完，朱三爷狠狠地吐出一口浓浓的烟圈，烟圈很大也很漂亮，慢慢地在空中散去。

一周后，老林支书家门口灰白锃亮的水泥土替代了正在结成金黄果实的玉米地。可谁又会想到，一个月后，老林支书闲着没事进城去看大林林、小林林，不小心被车撞了一下腰，现在还躺在病床上半身不遂……

朱五爷的水稻田

人人都说朱五爷位于村桥头的那亩水稻田是宝田。

无论是不是宝田，都于五年前被征用了。起初，朱五爷也想当一段时间的钉子户，但最后没钉成，因为他的儿媳妇在文城市宣传部工作，要是他都不响应上级拆迁号召，不配合推进新农村建设，不为振兴家乡发展让步，儿媳妇在单位还有什么脸面呢？重要的是儿媳妇就是负责新农村文化建设工作的。瞧，朱家堂村文化礼堂多么漂亮，多么整齐，多么符合现代农村的气息和需求，这不都是儿媳妇的功劳吗。去年，全市开展的文化礼堂诗歌及摄影比赛的颁奖仪式就在朱家堂村文化礼堂举行。为什么，因为白龙镇曾出过一位有名的诗人，市文联和市作协就把这项重要的文化活动放到了村里。这是何等的荣耀。活动很隆重，也很成功，不仅让村民们长了见识，也让那么多来自城里的文明人见识了美丽而有文化魅力的朱家堂村，为未来朱家堂村的经济发展带来长远且深刻的影响。当然，这些话，朱五爷说不来，是从儿媳妇那里搬来的。

话说，朱五爷的那亩水稻田，被征用后实际上一直空着。

于是，朱五爷又在上面种上了各类蔬菜，有时吃不完还拿到镇上去卖，增加一笔额外的收入。但有一天，一位村民突然醒悟过来了，因为很多村民家的土地都被征用了，于是，大家向朱五爷要田，也想种菜。朱五爷不肯，说："这是我家的田，为什么要分给你们种。"村民争论道："你的水稻田早被征了，钱也花了，这田现在就是公家的，你能种公家的田，为啥我们就不能种？"为此还大吵起来。村委会知道了，小事化了，专门找朱五爷谈了一次话，让他分一半给村里没田的村民种，否则村里收回这块田的种植权。朱五爷想了一宿，最后同意几户人家分着种，并安慰自己：谁叫这块地是宝田呢，宝田才留着，那就大家一起种吧。黄主任提醒他们："上面什么时候要用地了，大家的蔬菜随时要拔掉，到时可别心疼。"

还真被村主任说中了，菜刚种下第一季，上面就来通知说这块土地马上要动工了。朱五爷又心疼了一宿，他不想把那些正开着白色花朵的蚕豆给活生生处理了。他等着小孙子五一节回来，给小孙子做蚕豆糯米饭，更重要的是，孙子说还要带上城里的一群小朋友和家长一起来，到爷爷的田里摘蚕豆，很多小朋友从来没到过农村，没见过蚕豆长在地里的模样，更不知道蚕豆糯米饭的滋味。别说小孙子了，朱五爷他这个七十多岁的老人，也爱吃蚕豆糯米饭。那新鲜的蚕豆先经过自己家种的菜籽压榨出来的油煎一下；再放入淘过的糯米和水，那糯米当然也是自己家的水稻田里种的，而且是半年前种的刚碾出来的新谷米饭。以往，朱五爷会特别在这块水稻田里种上一季糯米，新碾的米特别香，每年年底一部分用来送给住在上海和城里的老亲戚们。人人都称赞他家的米特别香糯。但五年前，自从水稻田被征用后，哪怕自家小孙子要吃蚕豆糯米饭，糯米也只能从超市买了。幸好，还能种点蚕豆，本来想给小孙子用正宗农家大锅做香喷喷的蚕豆米饭，那可是自己田里种的带灵魂的新鲜蚕豆，那个味道，咸滋滋的，糯糯的，可以回味很久，可上面的通知直接把蚕豆糯米饭的事给搅黄了。

　　至今，朱五爷想起这件事心里仍有梗。当大家把田里的农作物处理完后，上面说不造房子了，那块地还是种农作物吧。大家看着已平整完的田地发呆。最后朱五爷决定，仍然以种水稻为主，其他农作物为辅。这事老支书知道后好好地表扬了他一通。有三家村民加入劳作的队伍，大家决定，这一亩地种出来的农作物共同分享。

　　如今，朱五爷位于村桥头的那亩宝田仍按季轮番种着水稻或油菜花，连边边角角都挤满了芋艿、青菜、豆角等农作物，这块宝田成了朱家堂村的一道特殊而又美丽的风景线，一年四季农作物不断，一年四季参观的游客不断，很多城里的人都带着孩子下地体验种水稻，看油菜花，观蜜蜂采蜜，割青菜，采豆荚，挖芋艿，由于游人如织，经常搞得朱五爷他们连自己孙子想吃点绿色蔬菜都紧张起来。

　　这不，大家在朱五爷的带领下，全村上下都努力寻找绿地，尽最大努力把裸露的泥土充分利用起来了，屋前屋后，左右两旁，随处可见绿油油的蔬菜和各色花儿，蜂儿蝶儿成群结队地在村庄飞舞。

凡是到过朱家堂村的游人都说，那真是个好地方，保持了村庄的朴素和纯真，让多少人找回了童年的记忆……

爱管闲事的朱六爷

四邻八舍谁家有事，朱六爷总是第一个到，一脸的义不容辞。

他今年六十有二，长得高高大大，结结实实。初看，也就五十多岁的主儿，这要是在古代，是个正儿八经的老太爷了。可到了这个现代技术突飞猛进且又讲究吃食养生的年代，就朱六爷那伟岸样，顶多一个大叔而已。话说回来，无论时代如何进步，朱六爷仍是个农民，只是进化成一个不需要再在故土的水稻田里挥汗如雨，而是在私营企业朱氏五金集团跑供销的农民工而已。当然，朱六爷这个农民工的形象完全可以代表朱家堂村，也可以代表朱氏五金集团门面的，因为集团主朱兴永是他的堂兄弟。跑供销这项最吃香而又最难的活儿交给自家兄弟，放心。

只是朱六爷每每出差时，妻子许慧芳就会从家里尾随出来，一路上不断叮嘱"少管闲事"，一直要叮到他出了村口才回去。

　　五年前有一次，朱六爷在上海出差，看到一位老人忘了回家的路，他就陪着老人一直找啊找，整整找了一星期还没找到。最后通过公安局、民政局总算有线索了，老人的家在河南，但老人忘了家人，把朱六爷当成自己亲人了，一定要他陪着回老家。朱六爷居然真的放下手上的业务，陪着那位失忆的老人回到了河南才又辗转回自己家。来回千里，所用的时间、精力、费用，是一般人无法忍受的，朱六爷回到家却当故事一样讲，很是享受的样子。老婆说他有毛病，当场要与他离婚，当时他们的儿子已经上大学了，儿子来了句："妈，都二十多年了，你还没习惯吗？早不离晚不离的，现在还离啥呢？"儿子的一句话，让朱六爷仍然有个固定的家。

　　朱六爷明明住在白龙镇朱家堂村，却四处漂泊，他经常在全市范围内开顺风车，尤其是在台风天。总爱开到那些冷僻村庄的公交车站，问那几个被风吹得瑟瑟发抖的家伙，问人家要不要搭顺风车。大风大雨时有这等好事，谁不乐意啊。所以，大雨天，只要他出门，经常一去就是一整天，早出晚归的，究其原因往往都与工作无关，而是又去当顺风车志愿者了。更可笑的是，有一次送了两个人去市区，回来时天已经黑了，有段路正在维修，积水深看不清，两个车胎陷到坑里都被割破了，后来叫了拖车，弄到半夜才回到家，光拖车费和换轮胎花去两千元整，妻子半个月没搭理他。但他依然每天笑呵呵地进出。一听到谁家小两口摔碗吵架了，就跑过去劝和，完了还帮邻居家扫碎瓷片，好像他家夫妻很和谐似的。

　　最近，听说他又发现了一项新项目。他一个旱鸭子要随一群不知从哪里冒出来的年轻志愿者去全镇范围内的村庄河道里捡白色垃圾。妻子劝了多少次都不听，说什么保护母亲河人人有责，搞得好像就他是文明人，他是先进分子，就妻子是拖后腿的落后分子。

那次，同村的晚辈朱戈也参加了，大家都看到河中央有漂浮着的塑料瓶，朱六爷居然自告奋勇第一个不顾个人安危涉水过去捡垃圾，这事连林旭也说："六爷，那么多识水性的青年在，您下次悠着点。"妻子听说后，"哇"的一声哭了出来，怒骂："你一只六十多岁的旱鸭子发什么神经病，心里到底还有没有这个家，还有没有儿子和我？你要真有事了，我们娘俩怎么办？"朱六爷却依然笑呵呵地解释："现在是冬季，水不深，我是本地人最清楚四周河道的深浅程度，那些城里来的年轻人没有我的经验，但他们有这种精神，我得帮他们一起干，大家还不是为了把我们新农村建设得更美好吗。"说完还轻松地摊了摊手。

妻子被他的话呛住了，差点噎死。

挂红布兜的朱四爷

朱四爷的胸前每天挂着一个红布兜。红布兜哪里来的？老伴王晓菊留下的。

王晓菊从来没想过自己会走在朱四爷的前面。当年，她五十五岁从村委会妇女主任岗位退休后，一直在家照顾老伴朱四爷。因为那年朱四爷中风了，嘴歪，口齿不清，左半身基本不能动。王晓菊在医院里精心伺候了他一个月，又让他在家里休养了三个月，朱四爷的说话功能总算恢复了些，左手也灵活起来。于是，他就忘了病发时的痛苦，断断续续地又开始重新上麻将桌了。家人劝，没用。谁叫朱四爷是一家之主呢，他说了算。

可惜，第二年冬天时，朱四爷直接来了次大中风。做了紧急手术，老命是保住了，却在床上躺了一年后才坐上轮椅。而那一年，朱四爷无时无刻离不开老伴王晓菊无微不至的陪伴和护理，尤其在康复治疗上，老伴尽心尽力地学，倾尽全力为他做肢体康复训练。村民们都说朱四爷好福气，王晓菊太贤惠了。

可在朱四爷七十岁大寿那天，王晓菊突然走了。走之前五分钟，她只对儿子说了句："我胸口闷，去躺一会儿。"等儿子再去看母亲时，早已不省人事。当120医生赶到时，王晓菊已没了脉象。有村民说王晓菊是累死的；也有村民说，她才是有福气之人，走得干净利落，没有痛苦；还有村民说她走时面部呈现微笑，很是慈祥，去西方极乐世界了。确实，王晓菊当村妇女主任时，全村妇女都服她，敬她，因为她从来是和风细雨地讲话，凡事都会站在村民的角度考虑，多次被评为市"三八红旗手"。

王晓菊走后，料理朱四爷的活落在了儿子身上。儿子帮他找了个保姆，一家三口从镇上搬回老家，紧邻父亲而住。朱四爷自从老伴走了后，脑子好像一下子糊涂了，用村民的话说，他的心被王晓菊带走了。尤其到了晚上，他会大喊老伴的名字，四处寻找。儿子只能哄他，说母亲去亲戚家了，先睡吧。但他说不行，他要等老伴回来，还得帮她把买来的东西一一放好。有时坐到桌边准备吃饭时，他又会冷不丁地责备家人：为什么你们忘了给你妈准备碗和筷子，为什么你妈还没来，你们就开饭了？他的样子很凶，很恼，但儿子没法回话，眼眶里慢慢地积起泪水，他不能再看老父亲这样，只好转过身去，给父亲去倒开水。

无论哪天起床，朱四爷都不会忘记戴上那个红布兜，因为那曾经是老伴天天戴着的红布兜。老伴天天戴着这个，有做不完的家务。老伴勤劳能干，也爱热闹。朱四爷也爱热闹，经常会邀请亲朋好友来家里聚餐。尤其在春节，他会和老伴一起，前前后后忙碌好几天。有时一天开两桌，有时三桌。吃完了，亲友们在太阳底下嗑瓜子的嗑瓜子，玩牌九的玩牌九，打麻将的打麻将，等到太阳快落山时，又重新铺上桌子，摆上碗筷，把中餐没吃完的继续加热，再加炒几个菜接着吃，吃饱喝足了，大家打着嗝儿，醉醺醺地回家去。有些女眷还在背后一边拍打着男眷，一边骂："死鬼，家里没的吃啊，吃成这样，下次别来了。"但无论下次你是特意去叫，还是随意地叫一声，那些男女亲戚都爱来他们家。互相骂得最凶的那对夫妻往往来得最勤。朱四爷看见这些亲戚总是眯眼笑，路上碰到每次会大声地喊："过几天来我家吃饭啊。"好像他家里开着一个大馆子，王晓菊从来不阻止，有客人来了，她也高兴，忙前忙后热情地伺候着。儿子年轻时不理解，曾偷偷地劝过母亲："不要由着父亲的性子大摆宴席。"母亲却回答："儿子，你要理解出生在新中国成立前的我们，我们这代人经历过各种各样的苦难，现在生活条件好了，这是以前想都想不到的好日子啊。那些亲人也都曾经很穷苦，现在生活变好了，却都老了，一天比一天老了，趁还走得动，吃点算啥？图个痛快！"从此，儿子再也没阻止过父母摆桌请客。

自从母亲走后，这个家，这个客厅再也没有一大群的人来聚餐过。每每看到父亲胸前挂着的红布兜，他就会想起母亲操劳的身影。

朱四爷当然更想念老伴。他清醒的时候，会手捧一个大大的相框，静静地看，默默地流泪。相框里面有好多张照片，其中一张黑白的是他俩年轻时去外面旅游拍的，他看到自己年轻的面庞，英姿勃勃。王晓菊五官端正，扎着粗长的黑辫子，一张纯朴的脸朝着他笑。他俩是邻村，自由恋爱。朱四爷当过兵，退役后一直在镇政府里从事民政工作，直到退休。照片里的他牢牢地抓着老伴的手，眼神坚定，仿佛在告诉全世界：我娶了你，一定会好好爱你。还有的是他们的全家照、儿子小时候的照片、儿子和儿媳妇结婚时的彩照、孙子出生时的照片等。但朱四爷最爱抚摸的是年轻时和老伴在一起的那张黑白合照。

相片里的老伴，永远那么年轻，迷人，睁着一双活泼的大眼睛，盯着他笑，她的眼里只有朱四爷，眼神中充满了崇敬和爱恋。

朱四爷拿起胸前的红布兜擦了擦相框，似乎这样相框里的老伴显得更明亮了些……

爱攒钱的朱二娘

朱二娘爱钱，全村无人不晓。村民们说她把"一分钱看作馍（磨）一样大"，有人说用那个"磨"字更符合朱二娘爱钱的程度。

谁不爱钱呢？朱家堂村人爱钱，难道白龙镇上的人不爱钱？难道文城市的市民不爱钱？NO，人人爱钱，只是每个人爱钱的方式和程度不同罢了，或者说朱二娘爱钱的方式特殊了点而已。

自从朱二爷过世后，朱二娘好像比原先更爱钱了，这话不是别人说的，是她家的小儿媳妇黄佩芬说的。她说婆婆一个人在家基本不用电，不用水，更不买菜。确实，朱二娘家只用十五瓦白炽灯，这是几十年来的习惯。除了灯，家里基本没有电器，可算得上是村里的节能环保达人。近几年，夏天越来越热，朱二娘仍习惯用蒲扇，大儿子曾建议给她安装个空调，她死活不同意。大儿子说电费由他支付，朱二娘仍不同意。大儿子又说，要么给您配个老年手机吧。朱二娘的头更是摇得像拨浪鼓。其实,二十五年前,大儿子花五千元给二老装过一个固定电话,但朱二娘仔细算了下:二十年来的月租费,按每月保底十元计算,一年一百二十元,十年一千两百元。二十年,就两千四百元,真是不算不知道,一算吓一跳。在朱二爷走的头七,她就去电信局申请撤销了固定电话。大儿子在城里不知情,往老家打电话老提示说是空号,拨了二十年的电话号码怎么可能说变成空号就空号?打到隔壁弟弟家,才知道是老娘把电话撤了。

朱二娘家没电视机,白天一般都在劳动,空了就念阿弥陀佛、金刚经、地藏经。晚上早睡,第二天早起,依然是念经、劳作,从未停顿过。朱二娘的生活真的不需要电视机、电话。偶尔真想瞄几眼,隔壁邻居及儿子家都可以去蹭。如今农村除了她家,哪家没电视机、手机和电话?至于洗衣机及冰箱之类的,朱二娘更是用不着,家门口就是一条大河。近几年,五水共治工程浩大,比原来的河道再拓宽足足一倍,洗洗刷刷的,河水取之不尽。冰箱自然更用不着了,朱二娘连吃的菜都不需要买,自家后门有块足够大的自留地,一年四季什么蔬菜都有,吃不完的菜叶还可以喂养兔、鸡、鸭、鹅,儿子们偶尔来聚餐她就现抓一只,活杀。她哪怕上菜市场,买得也极少,一个人食量,有时捡来的菜比买的还多。朱二娘有时也捡一些商贩丢弃的没有头的滑皮虾,拿回家,洗净了,用盐浸一会儿,剁碎了,放两个自家母鸡生的蛋炒着吃,不要太美味。要是偶尔捡到没肉的螃蟹、虾蛄之类,她就将那海鲜壳敲碎,倒入些经烧热后又冷透的料酒,用盐腌渍几天，咸，入味。其实这些海鲜壳，没什么肉，偶尔带有一点蟹黄，她只是喂喂味道而已，特别下饭。这样一瓶海鲜糊，朱二娘能吃仨月。她一般吃素，偶尔开荤。

朱家堂村家家户户用上煤气很多年了，朱二娘家依然是用土灶，烧木柴或毛豆秆。前几年，朱二娘的土灶是落后的代表，近几年，邻居中又有人在新房里搭起了土灶，为了搞农家乐呗。只是现在搭土灶的师傅难找，现在那些所谓的师傅搭出来的灶烧出来的神仙鸡都没有朱二娘家老灶里焖出来的香。逢年过节，邻里们有烧整个猪头的，焖神仙鸡的，还得劳烦朱二娘家的土灶。这点，朱二娘很大方，因为她信佛，乐于做好事。当然，村民们也不是白用朱二娘家的土灶和土柴，尤其是柴，谁家有动土木或做家具的，都会很自觉把用下的边角料往朱二娘家送。哪怕谁家城里的亲戚装修房子，都会记得把木屑和碎木块拉来堆到朱二娘家的院子里，美其名曰：公共资源堆放。朱二娘的小儿媳说："下次你们堆柴先交点费用给我婆婆吧，这些木头垃圾要是倒到其他地方去还得收费哦。"有人还真给过朱二娘堆放费，请朱二娘把木柴烧烧掉，朱二娘不动声色地真拿过。

不爱花钱的朱二娘到底攒了多少钱呢？谁都不知道。至少，十年前她家土地被征用了，有四万多元，不见她花过，也没分给两个儿子。她当时还做了农保，每个月有一千多元的退休金。朱二娘当姑娘时曾在国企工作过，九年前开始又增加了一笔精减人员工资，每月五百元，两笔钱加起来足够她一个老婆婆自己享用了，但大家始终不见她花过什么钱。

更重要的是朱二爷在世时，也有正规的企业退休金，听说死后有五十万元的存款，后事仍由两个儿子出钱办理，朱二娘分文未出。按理说，朱二娘真的攒了很多钱，那她的钱去哪儿了呢？

大儿媳妇对她的钱从不感兴趣，更不过问老家的事，来的次数也是屈指可数。小媳妇好事，婆婆的事总要来掺和一脚，有时朱二娘不想让她参与，但没办法，小儿子会在边上帮助老婆变着花样使用老娘的钱。比如，前几天小儿媳给朱二娘买了件棉袄，朱二娘不想要，但儿媳说她已经买来了，不能退，那给谁穿啊，她自己又不能穿，而她恰好又没亲娘，朱二娘只得收下了。问多少钱，小儿说不用，送你的。可朱二娘太了解自家儿媳妇，不出一会儿工夫她保证要在全村传播自己怎么孝顺婆婆，婆婆又怎么小气，这样的苦头朱二娘吃过多次，于是，她主动给她三百元封口费。其实，她心里清楚那件衣服顶多一百元。

今年下半年时，朱二娘病了，大儿子来了，要陪她去看医生，她不肯，说躺几天会好的。于是，大儿子在白龙镇超市给老娘买了两大包吃的用的，叮嘱一番，走了。

谁知不到五天，朱二娘便去找朱二爷了。

据说，朱二娘的钱全放在破席子底下。一沓一沓的，用麻筋捆得整整齐齐，满床都是。大家都不知道，朱二娘攒下这些钱干什么。

小儿子夫妻却对村民们说压根儿没见过老娘的一毛钱。

大儿子和大儿媳妇一句话没说，把朱二娘的后事给办了。

摘一片树叶回家

　　她是地道的朱家堂村人，今年九十五岁，身上却散发着幽幽的香味，清淡而迷人。她叫朱晓叶，是全村最年长的妇女，老朱家堂村人的前辈，许多年轻人不认识她，把她当作外来户。

　　她生于20世纪初，祖上是村里最有钱的主儿。她的父亲早在新中国成立前的大上海十六铺码头就是一名出色的商人，她在白龙中学毕业后就被父亲带到了大上海，后来考入师范大学，成了一名教师，并嫁给了一名大上海的警察。她还有一个小她五岁的弟弟，后来也被父亲接到上海，有了稳定的工作，成家立业。

　　唯独她的母亲一人守在朱家堂村的老宅，年轻时，她时常回来看母亲。而父亲在大上海又讨了一房小妾，这在民国时期是件极为正常的事，但母亲也曾是农村富贵人家的大家闺秀，怎能容忍丈夫娶小妾的事实。父亲曾多次来邀请母亲去大上海，但每次回村都是被母亲骂出去。母亲不愿与别的女人共享一个丈夫，更不允许父亲把小妾带回老家认祖归宗。父亲的小妾生了五个孩子，都从来没有回过老家。直至父亲八十六岁去世，由她和弟弟将父亲的骨灰捧回老家安葬。这时，母亲才同意由她接到上海，并在她家安享晚年，九十六岁仙逝，后与父亲合葬于白龙山上。或许，那时，母亲原谅了父亲的不忠；或许，母亲最后认为自己还是赢得了父亲；或许，父亲的小妾也有后悔，她始终不曾迈入朱家堂村一步，她的孩子更不知道自己的祖宗在哪个方向与角落。不过，父亲的多数财产落入小妾及其孩子手中，而她和弟弟也似乎没计较过父亲的财产。

时光转入2010年，朱家堂村的老宅被拆迁，她和弟弟商量，一致要求分房子，不要补偿款。老家的两套农村别墅交付时，她已经八十四岁了，弟弟七十九岁，两人各一套。

她曾问过弟弟要不要一起回来住，弟弟说儿女不同意。她的儿女何曾同意过，而且她的丈夫是上海人，并不习惯乡村的生活，夫妻恩爱一辈子，从来没有红脸吵架之时，她内心里尊重丈夫，回老家的想法只是与女儿吐露过一点，马上遭到女儿反对，就不曾正式向丈夫提出。

五年前，丈夫先她而去了。她把三个儿女叫在一起，说："余生我最后一件想做的事就是住回老家。"大儿子劝："妈，我们怎么放心让您一个人在乡下呢，我也退休了吧，我会每天来给您做饭，保证不让您孤单寂寞。"二儿子说："妈，把农村的房卖了吧。"从不在孩子面前说一句重话的她发火了："这是老祖宗留下来的房子，谁也不能卖！哪怕我走了，你们也不要随便卖。你们有什么不放心我的，整个朱家堂村都是自家人，他们会来照顾我的。"女儿反驳："那怎么也是隔了几代的自家人了，能与我们一样亲吗？"她坚定地回答："你们的外婆，我的老娘，独自在农村多少年，不都靠全村人照应吗？不也过得好好的吗？什么是乡亲，什么是邻里？这与城市商品房里的邻里情还是有很大区别的。我们朱家堂村人个个朴实、敦厚，我要住回老家去。"

那年她九十岁，朱晓叶女士真正回到了离开整整七十四年的村庄，带着她的全部家当回到了朱家堂村。村里那些七八十岁的老人都管她叫姑姑，小一轮的都叫她奶奶，再年轻点的叫她太太。她的回来，成为朱家堂村的一大新闻，让全族原本疏散的亲情一下子聚拢起来。很多村民早上起来要先去她家看一眼，问问：吃了没有？锻炼了没有。老人每天早上打一小时的太极拳养生。还有很多妇人会去问她，今天要不要在集市上带些什么。中餐后也有人会去张望一下，看她是在午睡还是在看电视。晚饭后，去的人更多，男女老少皆有，大家就是去唠一会儿嗑，完了再问一句有什么需要帮的。实际上都是看看她的状况，听听她讲讲关于大上海的故事，甚至对我们新农村的看法。我家小宝也很喜欢跟我去老人家，曾单独跑去问："太太，太太，你有没有看到过日本鬼子啊？"老人笑着说："小宝，太太当然看到过日本鬼子，日本鬼子老坏的啦……"然后，她会给小宝讲一堆过往的事，小宝在那边听得津津有味，不肯回家。小宝每次回老家也必到老太太那儿签到。

一次，我带小宝去外面旅游。行至山腰间，突然，他停下来，要求我抱起他，在路边摘了一片树叶，随后，又小心翼翼地夹到我随身携带的书本里。我问："干吗？"他答："摘一片树叶回家，这种树我们村里没有。"我仔细查看了一下，发现这树在我们那边还真没有。

　　回到村里，他急急地跑去把那片带着体温的树叶送给了朱老太太。老人一开始没反应过来，知道缘由后，激动得一把搂过孩子，说："小宝啊，你怎么这么懂太太的心思啊。"当时才五岁的儿子昂着头，努努嘴说："太太，您常说落叶归根，人像树叶一样最终要回到自己的家。外面有那么多的树叶，我不知道，他们有没有想回到我们村。我好想带太太一起去旅游，可妈妈说您年纪大了，不适合远方。所以我要摘一片树叶回家，让太太看看……"

　　老人和孩子惺惺相惜的一幕，深深地印在了我的脑海里。

　　村庄需要老太太这样的长者，更需要儿子这样充满灵气和活力的小孩。

　　几年后，朱老太太把退休金全部捐给了朱家堂村，指定为文化礼堂购买一台大电视机、一台电脑、两个高档音箱，还有无数书籍。然后，她真的走了，除了那片树叶，什么也没带走，所有的东西都留在老地方。

　　享年九十九岁。

她是谁

朱二娘走后不久，她家的房屋因道路扩建要拆迁了。村支书对朱二娘的小儿子朱晓福说："让你大哥来一趟吧，你俩一起来把手续办一下。"

第二天，村支书朱善华的办公室来了一位约莫四十岁的妇人，浓密的长发，偏黑的肤色，走路缓缓的，脸盘不大不小，但感觉脸上还是差了点什么，细看五官都长在那儿呢，是哪个部位不协调吧。其实，这人长得也不难看，但你说她好看吧，还真的一点也不好看，尤其那嘴巴，那鼻子，那额头，感觉没有一块长得令人舒服的，尤其那眼睛是被眼睑肉包起来的，用农村人的话讲，生肉里眼的人心思多而毒，属阴险小人之面相，重要的是村支书觉得那张脸在哪里见到过。那妇人是带着和蔼可亲的笑容进来的。村支书正在接一个重要的电话，最近村里要换届选举，大大小小的事情一大箩，必须妥善处理好，否则会影响当前重要的改选工作。别看只是一个行政村，其实，还真不小，下面有六个自然村，全村村民有九百多户，近三千人口。有些人长年不在村里住着，早在镇里或市区买了房子，但老宅仍在，户口仍在，一切福利和待遇哪个村民都不能少，如果你今天早上少了谁的利益，下午马上有人来找麻烦，不是他的亲戚，就是他本人来电话直接骂你。平时，村委会里每天都有村民进进出出，有些村民没事干，天天来逛一圈，像逛集市似的，与村干部们聊几句；有的也不聊，像巡视般，东张西望巡视一圈就回去了。当然，有的是纯粹来聊天的，也有来闹事的。有的出门在外，几年都不来一次，有事都只请家里老人代劳。现代社会变化太快，包括人的长相，有些人变化得更快，胖了，瘦了，都是大幅度的变化。有的爱涂层厚厚的白粉，好像特别嫌弃父母给的面相，把原来的面貌全遮盖了。有的爱整个容，简直是改头换面型的，他村支书根本认不出来。眼前那女人倒不像是整过容的，看上去挺朴素的，一直站在那儿笑，而且笑得有点卑微，从面相看，此人，至少不像是来吵架的，可能是来暗访的。村支书边打电话边招呼她坐下，因为不知道来者是谁，不敢怠慢。

在村支书还没摸清对面女人的底细前，坐在外间的村干部林莉莉已经倒了一杯水进来，送到来者面前。上述关于这个女人的描述其实是林莉莉的精确感觉。

村支书总算放下了电话。对方马上笑吟吟地站起来，微微欠身，道："朱书记，您好！"

村支书也呈现出他的职业笑容："请问，您是哪里的？"

对方依然保持着原有的和蔼笑容，答："书记，我是朱晓福的女儿，您不认识我了啊？"

村支书拍了一下后脑，大声地叫："哦，原来是阿福女儿啊，怪不得，好像哪儿见到过，面熟呢。你今天来有什么事？"

对方重新坐下了，直了直腰，好像身后有什么重要物支撑似的，接着说："书记，是这样的，我奶奶林大芬房子拆迁的事，我爸让我来办理一下相关手续。"

朱书记睁大了眼睛，不相信似的问："你爸不在家？"

"在。"

"那他为什么不来？"

"他现在有点事，叫我来，我是他女儿，是我奶奶的孙女，我来一样的嘛。"对方说完笑出了声音，挺清脆悦耳的，这让外间的林莉莉突然想起了很久以前的一件事。

"这么重要的事，他自己不来，让你来？"村支书再次问了一遍。

"是的。"对方坚定地回答。

村支书明白朱晓福是个老实人，他老婆可不是省油的灯，让女儿来替奶奶办手续的事，之前也没招呼过他啊。他在心里打了个转转，故意装作开始在桌子上找文件，想借此来让自己理一下思路。眼前的女人看上去仅是一个村妇，事实也是朱家堂村出去的一个农村姑娘，怎么软弱的外表下有那么坚硬的语气呢，有种绵里藏针的狠。

林莉莉进来为客人添水。

村支书抬起头来，认真地说："你奶奶的事，还得你爸和你大伯亲自来。"

对方声音不高，但表现得很诚恳："我大伯的户口几十年前就迁出去了，是城市户口，我爸妈才是农村户口，这房子我奶奶生前就说过留给我爸和我的。"

林莉莉是本村人，她这次进来总算看清楚对方是谁了，刚才那声清脆悦耳的笑声让她知道了眼前的人是她小学同学，一起在朱家堂小学毕业的。虽说多年未见，但她刚才的笑声让林莉莉明白她骨子里的东西一点没变。也奇怪了，林莉莉从来没离开过村庄，怎么从未见她回来过，听说她大学毕业后由大伯帮忙留在了重要部门工作。

村支书继续说："这是朱二娘的遗产继承问题，与户口没关系。"

"这不是遗产问题，是房子问题，我大伯是国家公务员，拿着公积金，他不该再到农村来享用祖宅。我爸是农民，有权享受祖宅。"说着，对方正气凛然地站了起来，好像她代表国家某个法律部门在向村支书宣布着什么。

村支书依然不温不火地说："关于朱二娘要拆迁的房子，村里就通知他的两个儿子，你是第三代，还是让你的长辈们来吧。"

对方脸色起了变化，语速开始加快，拿起电话："不信，我给我爸和大伯打个电话，看他俩怎么说。"

村支书说："你爸怎么说我知道，都你妈说了算。你爸妈愿意把他们的那份给你是你们家的事。至于你大伯，得让他自己来，你说了不算。这是遗产问题，你能拿出朱二娘的书面遗嘱再当别论吧。"

对方的黑脸一下子涨得像关公一样，愤怒道："你说得没错，是遗产问题，但我奶奶生前口头遗嘱祖宅留给我爸，我爸就我一个女儿，不就是我的吗？我来办手续有什么错？"

林莉莉在边上提着水壶，本来还想再给老同学续点水，但她知道，对方根本没看她一眼，当她是空气来着。突然，林莉莉擅自插话了："你是朱二娘的孙女？不会是冒充的吧？"

对方这才发现边上还站着一个人，脸涨得赤红："你怎么说话的？孙女也能冒充？"

林莉莉面对发小的怒声却轻松地笑了："如果你是朱二娘的孙女，朱二娘生病时我们怎么都没见过你，她老人家过世时我们也没见过你。"

这次对方不是说，是喷射性地吐字："我工作忙，所以奶奶生病和过世时赶不过来。"

"有这么忙的人？连亲奶奶过世都没时间回来？你是中国人吗？你是朱家堂村人吗？朱书记，你认识她吗？我们朱家堂村有这样的人吗？"林莉莉妇委会主任的脾气和威力同时发作，朱书记拿出一根烟在鼻子底下闻了闻，实则快要笑出来了。

"我回不回来关你什么事，这是我们家的事，你管得真宽。"

"我是管不了你，但我知道朱家堂村没有你这样的人，朱二娘家拆迁的事是我们朱家堂村委会的事，你说我管得了吗？我们能让人随便冒充吗？你是谁？到底是谁？先证明自己的身份。"林莉莉咄咄逼人追问。

对方终于坐不住了，站起来快速地离开了，她离开时的速度与进来时的缓慢形成鲜明的对比，坐外面的几个村干部和村民，看到了不禁都问："她是谁，莉莉，她是谁啊？"

林莉莉跟了出来，打着哈哈："她是谁啊，我也不知道，问朱书记吧。"

朱书记一摊手，反问大伙儿："她是谁？"

朱家堂小学

朱家堂小学，是所完全小学，方圆十里村庄的小朋友都在朱家堂小学念书。

该小学一百年前由著名的泡桐树下校长带领几位乡贤创建，但在那个特殊的年代坍塌了，眼前的小学是利用了一个破旧的庙宇改建成的。

我的堂哥、堂姐及我自己、我姐姐都在那小学读过书，他们全都成绩优异。当母亲领着我去报名时，老师说："看你的伶俐样，肯定比你几个哥哥姐姐聪明哟。"小小的我，听了沾沾自喜。后来的事实却证明，我并未超越姐姐和哥哥，倒是堂弟成了从朱家堂小学出来的最优秀的学子，博士后，现在定居美国，就职于宾夕法尼亚州大学，不知道他是否还记得老家的启蒙小学。

我是1983年9月1日开学那天，在哥哥姐姐的带领下雄赳赳气昂昂地去上学的。为什么这样说呢，因为就在开学不久，同班的一位邻村男生就与我吵架了，那男生也太不自量力了。第二天我堂哥就找到他，把他逼到了校园的某个角落里狠狠地教训了一顿。从此，我在小学的地位得到了巩固。

朱家堂小学分楼上楼下两层，全木结构。楼上最南的一间作为教师办公室，边上是唯一的设在上面的五年级教室，其余以堆放杂物为主。还有一个摆放风琴的教室，音乐课时我们才上去。楼下的大礼堂是原先摆放神位的大殿，两边的厢房全改为教室。由于当时没有电灯，无论楼上楼下，如果不是阳光明媚的天气，教室里总是显得阴暗。若是碰上下雨天，整个教室里差不多漆黑一片，并且每个教室里都会漏水，老师和同学们会用脸盆和吃饭的瓷碗来接水。学生们一边听老师讲课，一边听雨水滴在碗盆上传来的动听的"滴答"声。

要是碰到台风天，老师和同学都会因狂风暴风而害怕，躲在角落里，互相安慰，等待雨过天晴，才敢出来松口气。而我们的张校长是最勇敢的人，每次台风过后，校园的操场，其实也不是操场，就是庙前的一块空地，会水漫金山，校门口长长的一段路都因地势低洼积水而看不清道路。放学时，就由校长带头卷起裤腿，高年级在前，低年级在后，大家手拉着手，中间穿插几名老师——全校也就五名老师，两名是代课老师，三名是正式在编老师，且清一色女教师——学生们就在老师们的带领下走出那一百多米的坑坑洼洼的弄堂小路，然后各自回家。

由于学校规模小且老师少，除了五年级，其余班级都是复合班。所谓复合班，就是一年级和二年级在同一教室，三年级和四年级在同一教室。这意味着，老师把一节课的时间分成两半，同时为两个年级的学生上课。当老师为其中一个班级学生授课时，另一班级的学生只能自己阅读或做作业。

我们的学校没有食堂，学生们夏天时都回家吃饭。幸亏，朱家堂小学与各村距离不远，但冬天跑来跑去就有点冷。那时候流行塑料保温瓶，相当于一个热水瓶，早上妈妈会把烧好的热米饭放进我们的保温瓶内，上面有个塑料小隔层，放点蔬菜或蛋。这样，到中餐时间，打开来依然是热乎乎的。几十个小学生在一起吃饭，大家互相比较着谁家的菜丰盛，偶尔也会互相夹几筷菜肴，气氛真的很温馨。这是我最怀念的小学生活。更有趣的是我们的老师吃饭也靠自己解决。当时流行煤油炉子，有一次，班主任翁老师在楼下给我们讲课，讲着讲着，同学们闻到了一股螃蟹烧焦的强烈味道，有人叫了出来，翁老师扔下粉笔头就冲了出去……

在朱家堂小学有很多有趣的事，也有些伤心的事儿。记得开学才没几天，我还不熟悉班上的所有小朋友。可是有一天晚上，邻村（其实也是属于朱家堂村某个自然村）发生了一场特大火灾，一组木结构老宅全被烧毁，我们一年级班上一位小男生和他的奶奶就在那晚永远地离开了。当时我并不知情，第二天还去现场看了一下，只记得一个烧黑的光头，我不知道那个小朋友的名字与相貌，但想起来依然会很难受。同样也是在一年级时，班上有个小朋友得了重症（长大以后我们才知道他当时得的是急性白血病），班主任带领我们几个小朋友一起去看望了他，四十年来我都记得他当时苍白而无力的脸庞，躺在床上看着我们说不出一个字。第二天，他就永远地走了。他的名字及模样我至今记得清清楚楚。他的爸妈就在小学门口供销社边上摆了个摊，后来又生了个女儿。如果那两个男生还在世的话，也是我们这个年纪了，他们肯定会与我们一样非常热爱新时代、新农村、新风貌。说不定他们也早做了城里人，坐上了办公室；或许，他们依然是农民，但也是崭新的农民，开着一家幽静的民宿，做着大家爱吃的农家菜……

朱家堂小学在我毕业三年后就被拆了，但它永远长在我的心里。

朱家堂村的老宅

他缓缓地下车，这一步走了四十年。

他默默地环顾了整个朱家堂村，变化很大，比记忆中的村庄大了许多，新鲜了许多，但依然有他小时候见过的痕迹，依然有几间古朴的老房子。他问边上的村干部："阿禄，我们家的房子还在吗？"村干部朱兴禄是他的表弟，在表兄弟中排行最小，他响亮地回答："庆哥，在，都在，你看，咱家到了，这棵树你还认得吧，那是太外公种的泡桐树。边上那棵柳树，是大姑带着我们一帮兄弟姐妹在清明那天插的。种的那天雨很大，朱壁一定要穿她妈妈从青海买来的一双套鞋，却不小心滑了一下，溜到河里去了，你比她小，却抢着要去救她，被大姑拉住。大姑手脚利索，跳到河里把朱壁拉了上来。"他的声音明显地衰老了，可能是因为伤感，低沉地回答："当然记得。妈妈待朱戈、朱壁视如己出，待全村的孩子都像自家的孩子。"说完，他急步走上前，像见到了亲人一般，仔细地摸着粗壮的柳树身，在心里无声地喊："妈，我回来了……"

年近六旬的顾庆祥身后不断地有村民跟过来，人们在他的身后窃窃私语：这就是传说中顾家那个最优秀的大儿子吗？听说去美国四十年了，总算回来了。他的高大身影已略显苍老，脸上气色不错，不愧是有钱人，听说还是哲学家……

此时，站在老家门前的顾庆祥似乎没有听到身后的议论声，他眼里没有那么多父老乡亲。当祖屋面貌出现在他的眼前时，他似乎回到了童年，看到一位杏眼、柳叶眉、鹅蛋脸的年轻知识女性出来迎接他，那就是他的妈妈，妈妈永远是带着笑脸待人的，对自己的宝贝儿子更是。妈妈是朱家堂小学最漂亮、最温柔的女老师，谁会想到，妈妈却被自己的学生状告成叛徒，是什么原因？只因为爸爸有位表弟在台湾，当时爸爸在外地工作，妈妈的学生，也是朱家堂村人，说曾经在一个月明的夜晚看到妈妈在给台湾的表弟发电报。不要说电报机了，整个家被翻箱倒柜五次，连关于台湾的一个字都找不到，何来的发电报之说？难道妈妈是对着月亮把电报发出去了？在那个疯狂的年代，妈妈还是被关进了牛棚。妈妈是最喜欢鲜花的人，曾经家门的小院里种满了各类鲜花，一年四季，香气四射，全村庄的小孩都爱来他们家贪婪地呼吸芬芳的香味。妈妈又是这么爱干净，这么爱美，妈妈这样的人怎么能被关在这么脏的地方呢？

每当贫困学生交不出学费时，妈妈总是想尽办法暗地里帮衬着；哪个穷孩子生病了妈妈都会在家给学生煎药，再带到学校去；哪个孩子吃不饱或穿不暖，妈妈经常会把自己儿女穿剩下的衣服送给学生。妈妈如此热爱生活，如此热爱她的学生们，妈妈怎么可能是叛徒？

"庆儿，你回来了？"

顾庆祥似乎当真听到了妈妈的呼唤，不禁轻声而又深情地回了声："妈妈，我回来了！"泪水已无法阻挡，无声无息奔流而下。

朱兴禄看到兄长如此动情，不禁也湿润了双眼。后面几个年长的村民也沉默了，刚刚还在现场发出各种疑问的人们都安静下来。那些年长的村民凡是上过朱家堂小学的，大多是妈妈的学生，他们当然知道妈妈曾经的好，当然知道妈妈曾经的苦难与冤屈。而在这个五彩缤纷的世界里，顾庆祥却再也找不到那个最爱他的妈妈。他抬起头仔仔细细地盯着这个曾经充满欢声笑语的家。在这个已经建成美丽新农村的地方，这所老宅显得有点孤单，灰色的墙面散发着古老的气息，但无处不在诉说他才是这里最原始的主人。突然，顾庆祥的眼里发出惊奇的光，他在院子的角落里看到了一朵小小的紫色牵牛花，在那儿孤独地绽放。那是妈妈最喜爱的紫色，难道妈妈知道他今天回来？难道妈妈要用这种方式告诉他，妈妈还在，妈妈还在这里？那紫色的牵牛花分明是因妈妈而存在，但妈妈已走了四十七年，四十七年前的花籽难道至今续存，至今都年年繁衍生息？

身后的人们都看到他盯着那朵牵牛花，都观察到了他脸上的哀伤。有位老人突然说："哎，我天天在朱老师家门前负责清扫卫生，之前怎么没发现还有一株牵牛花。"又有人跟着说："现在村里都没人种这种野花了，很久没见了。真美啊！"面对突然出现的牵牛花，人们的赞美都是由衷的。但他忘不了，就在那样一个充满阳光，充满花香和潮湿的泥土气息的夏日之晨，妈妈永远地走了……

他不姓朱，这里是他的外婆家。当年，因为父亲在外工作，妈妈才带着他和妹妹一直住在外婆家，同时照顾在大西北工作的大舅舅家的两个孩子，当然还有小舅舅一起互相照应。妈妈一直是朱家堂小学的老师，她的爷爷是朱家堂小学的校长又是创始人。妈妈走后，两个舅舅哭得比谁都伤心，他们最疼爱的妹妹就这样走了。

妈妈去世半年后，顾庆祥和妹妹就去了爸爸所在的城市。后来出国深造，还真的是依靠爸爸台湾的表弟，那表弟从台湾去了美国。

他曾发誓长大后永远不再回这个村庄。

但在国外的日日夜夜，他却从未真的忘却过这个村庄，忘却过这个家。随着年龄的增长，思念的程度越发加剧，他总梦见妈妈在自己家的院子里浇花，在院子里批改作业，在为学生们讲解，在给他们兄妹俩，还有表哥表姐们一起讲故事。原来他魂牵梦绕的地方依然是朱家堂村。

曾经生活了十多年的百年老宅，他从未觉得它老。如今，事隔四十年，当他再次站在老宅的面前才发现，这个家，真的瞬间变老了，变成了老宅……

那是记忆中的老宅，妈妈的老宅，朱家堂村的老宅……

三叔造房

三叔已在上海住了十多年。那年，他突然回来了，说要造房。

大家有点想不明白，大伯第一个去问："老三，你怎么突然想造房了，是不是听说周边村庄拆迁，想着我们村将来拆迁时能多分点钱？"

三叔递给大伯一包软中华，反问："大哥，你看我差那几块钱吗？"

也是，三叔十五年前在大上海买房子时是捧着现金去的。现在他的生意圈和生活圈都在大上海了，有重要事才回老家一趟。比如奶奶过世，爷爷九十岁冥寿，小叔家儿子考上北京大学等。

三叔既然这么答，大伯就更不解了："那你说说看，为什么回来造房，你那两间瓦房本来就好好的，按你家三口人算，哪怕拆了也能赔足面积的，折腾个啥？再说，你又不回来住。"

三叔摇摇头说:"大哥,你家侄子明年要结婚了,我总不能忘了自己是朱家堂村的子孙,儿子结婚大事总得回来办吧,也让上海的亲家们看看我们农村在改革开放后的巨大变化啊。"

大伯点点头,似乎明白了。"这倒是个理儿,让大上海人看看我们乡下头翻天覆地的变化。朱家明堂还在,你可以在那儿操办婚事,如今朱家明堂边上造了个新的文化礼堂,要是想热闹点,你到时请人来唱歌跳舞都宽敞得很呢。以前农村家家户户婚宴寿宴请的都是戏班子,80年代我造房子时还放了场电影呢。"

三叔笑吟吟地说:"大哥,晓军婚事你当总操持,可以放一场电影,也可以请几个当地青年来唱歌助兴。"

大伯叹了口气说:"以前村里是有几个小伙子唱得挺好的,现在都住到城里去了,我老了,也不太认识了,不知道能不能找回来。"

三叔说:"是啊,我都六十了,总得落叶归根吧。我们家兄弟姐妹都在朱家堂村,难道我一直留在大上海不回来?大哥,我想着,我还是得重新把那两间房改造了,造成小洋房,造成我们村最漂亮的别墅型洋房,也给我们朱家堂村挣个脸面,大哥,你得多给我提点意见。"

大伯拆开那包中华,抽出了一根,点燃:"意见倒没有,你见过外面的大世界,造的洋房肯定比普通人家的好。但这事要与村委会去商量,不能把好好的房子改造成违章建筑,得不偿失。"

　　三叔笑了："大哥放心，我已经找过村委会了，符合政策的，手续都会办妥的。我在想，造房子还得找大林村的林平。"

　　大伯告诉他："人家林平的建筑公司早就开到市里了，接的都是品牌房地产公司大楼盘大生意，就你那两三间楼房，人家哪有闲余时间来安排？"

　　三叔与隔壁村的林平是发小，他说："我亲自给林平打电话，不信他不给我造。他下面一大群工人随便挑几个来帮我造间别墅难道不可以？"

　　三叔如此自信，大伯、我爸及族里另几位叔伯当然都没话说，大家就等着三叔家早日开工，分上梁馒头。

　　像我大妈这样的热心婶子，第二天就忙着散布消息并在村里组织了一批中老年妇女准备做大油包、松花团等喜庆的土特产，因为村里已经很久没有人翻修新房子了。听说为了找那个油包上的红印子和做松花团的印糕板，大妈都找了几天。又花了半天时间把那两个印糕板给洗了，又在太阳下晒了半天，以保证做出来的大油包和松花团带着木质的芬芳，夹着阳光的香味，让村民们吃到当年老底子最地道的家乡小吃。

　　不久，三叔告诉家人，林平不仅答应给他造房，而且受他的鼓动，林平也决定把自己在老家的那两间平房改成别墅，还很爽快地说两幢别墅的改造设计及装修他都包了，三叔只管出钱和拎包入住。

　　三叔造房是十年前的事了，如今三叔家的孙子都上小学了。当年扔馒头时，周边很多邻里都来了，大妈她们当时一共做了六百个大油包，都从房梁最顶端扔下来，老少妇抢的人一堆。有人用布兜接，沉闷的几个大油包稳稳地落到兜里；有人徒手在空中抓，因油包个大且密集，也能抓到几个，高兴得哇哇乱叫；有小孩抓不到只能满地找，虽然沾了灰，但撕下外面一层馒头皮，里面的味道一点没变啊。那些馒头的味道至今还被村里的人们传颂着，筋道，喜庆。

堂弟结婚是朱家堂村办得最风光的一件大事，当年的那场婚礼至今仍让村民津津乐道。更重要的是，似乎是三叔造房引发了我们村一大批以旧换新的系列建造，后来村委会讨论决定由林平为全村统一设计，各家各院都搞得错落有致，整整齐齐，还兼顾绿化休闲，最后朱家堂村成为全市新农村建设示范村。

大家目前看到的美丽的朱家堂村，就是三叔的故里，三叔的根。

叼牙签的阿婶

阿婶，在我们这里指那些做事爹头娘脚、思路不清之人。朱家堂村就有这样一位自以为是、高高在上的阿婶——朱三爷家的大儿媳妇。因她在农村也确实是朱家那一大群侄子侄女的阿婶，村民也就习惯全叫她阿婶，于是几乎把她的真实姓名给忘了。这位阿婶来头也不小，是我们白龙镇国土所老大、一把手！而我那时恰好借调在那儿。

只要阿婶的嘴里叼上一根牙签，她的奇招怪想就出来了，那么，总得有人遭殃了。

今天一早，阿婶就是叼着牙签出现在电梯口的。按理说我们农村人吃早餐一般都是米粥加咸菜或豆腐乳；高级一点呢，大饼油条加豆浆。阿婶的节俭在单位和村里都是有名的，一年四季难得买一件新衣服，全身上下着装都是十年以上的旧饰。大家相信，她是舍不得吃大饼油条的，因为阿婶曾在公开场合抱怨过："以前一只大饼五分钱，现在居然要卖两元，像缙云烧饼特色类的还要五元，太离谱了！我才不吃呢，要是大家都像我一样不吃，说不定大饼就能降价。"有同事听了马上附和从此以后再也不吃大饼油条了；有同事表示也等降价后再吃。其中，要数阿坤胆子最大，点着头，哈着腰，乞求般地问阿婶："领导，您说早餐吃什么最好？"阿婶昂了昂头，思索了几秒，一副派头十足的样子："当然是咸菜加小米粥啦。"阿坤进而应声："我下班就去买小米。"

下午便有人看到阿坤在镇里的超市里买了很多包金灿灿的小米，拎在手上，高大的身躯一下被压下去不少。又有人说，阿坤把这些金砖似的小米扔进了阿婶汽车的后备厢。后面这句话信的人不多，怎么可能呢？阿婶这么大领导会要阿坤一个科员送的小米，小米才值多少钱？阿婶就那么好收买吗？阿婶是多么廉洁的领导，听说我们朱家堂村里的公园变成廉洁主题公园，也是阿婶向镇上领导申请来的。阿婶怎么会在乎几包小米，哪怕小米包装得再像金砖也入不了阿婶的法眼。不信，众人都不信！甚至有人怀疑是阿坤设计传播的谣言。

其实，不受阿婶喜爱的缙云烧饼仍然好卖，一如既往每天有很多人在那儿排着长长的队伍，因为离单位近，很少看见我们的同事。可也有人看见，在隔着一条很远的街，同样的烧饼，有同事舍近求远在那儿相遇了，双方心照不宣，好像犯了错误，但在单位里都不说。

有点扯远了，话说回来，既然阿婶每天早餐吃的是小米粥加咸菜，那早餐后阿婶似乎不必使用牙签吧？阿坤好像发现同事们的眼神有点不对，仔细点甚至能听到同事们身上的每个器官部件都在加速运作发出问号，甚至能听到"隆隆"作响的声音，便轻轻地来了句："咸菜有时确实会嵌在牙缝里的。"经他这么安慰，大家似乎自宽自解，心情舒畅了些，但愿今天一切安好。

到中饭时间了，阿婶并没有找任何一位下属的茬儿。有一次，就在这个点，阿婶要求大家把早上扔在垃圾筒里的垃圾重新翻出来，由办公室给大家现场讲解垃圾分类方法，那些扔错垃圾的同志自罚写垃圾分类心得体会文章一篇，还进行了评比，看谁反省最到位。写得极其深刻的那位还得到奖励，奖品是四个色彩不同的家用小垃圾筒。据说，那篇文章经改写后被推荐到市里。那位垃圾分类最差的同志不是别人，正是阿坤。虽然，阿坤因乱扔垃圾而坐了过山车般的被批评又受表彰，但他乱扔垃圾的习惯从未改变。只是，从今以后他把垃圾扔到了同层楼的隔壁单位的垃圾筒里，听说，隔壁单位的垃圾分类工作常被镇上通报批评。

这不，又到饭点了。办公室逐个通知大家，下午局里来人找谈话，自荐一名干部，然后列出诸多条件，包括学历、性别、专业、工作年限等。看完后，大家心里明镜似的，这是为某人量身定制的！

中午，单位里鸦雀无声，同事们身上的各台机器似乎一下子停顿了，集体思考中。

下午一点半，局里组织干部准时来到。会议开始，阿婶坐在正中，清了清喉咙，可以看出，她明白自己要说什么，其实，只是拿着文件通读一遍而已。当然，大家也听懂了，文件是"民主推荐"提拔干部，与早上单位逐个通知里有所区别，但谁也不敢说什么，阿婶读完文件，环顾了四周，似乎有种天生自带的威严，许多人不敢抬眼与阿婶直视；敢直视的人都冲着阿婶笑，好像在使劲夸奖她读得真好；当然，也有人暗暗地佩服阿婶的工作作风，蛮有一套的，差点向阿婶伸出大拇指点赞了。

推荐结果出来了，果然是阿坤。从科员提到副科长，至于提拔的理由不得而知。

听说那天下班，有人想方设法与阿婶讨论关于小米粥和咸菜是绝配这一话题，但阿婶没有作声，只露出轻蔑的神气转过身去，随即离开了。

从此，大家发现，单位里多了几个叼牙签的人，并经常跟在阿婶身后，甚至模仿阿婶的说话语调，说话时的姿势，神色神态，惟妙惟肖。

听说，最近阿婶要退二线了，大家就在私下讨论，会是哪个叼牙签的人如愿接上阿婶的宝座？

老实人阿田

阿田结婚二十九年了，有个女儿。一家子过得风平浪静，和和美美的。

阿田，大名朱兴田，是朱家堂村朱大爷的小儿子，村民都忘了他的本名，习惯叫他朱阿田。

当年，朱阿田是全村出名的丑男：肤黑，嘴歪，背略驼，且家境平平，但他为人耿直，实在，会手艺，是方圆几十里有名的木匠。他娶的媳妇一流的漂亮，是全村最俏的妇人。来自邻村西周，是当年该村最美丽的村姑。当时，丈人老头相中朱阿田是个老实的手艺人，请人上门来提的亲，指望女儿嫁个实惠的男人过一辈子。

万万没有想到，就在五十一岁那年，朱阿田谈恋爱了！

消息传开，全村没人敢相信。

"朱阿田谈恋爱？别逗了，当年他也没谈过恋爱，周瑞芬是娘家人直接送过来入洞房的啊。"

"他？他都五十开外了！"

"就朱阿田那丑样，挺着个大肥肚，还出轨？"

"朱家堂村谁都可以出轨，朱阿田出轨打死我也不信，你们别造谣了！"

造谣不造谣的，事实就是事实，而且朱阿田本人大大方方地承认了，他爱上了南严村的王寡妇。

王寡妇五年前死了丈夫，她刚满四十岁，孩子在外读高中，平时一个人住在南严村最西的河角嘴边上。据说，那个位置有着天时地利的便利，让王寡妇能轻易偷男人养汉子。问题是王寡妇生就一张大圆盘脸，塌鼻梁，上面还有几粒黑色的芝麻，根本无法与朱阿田家里的原配相比。但村民们说了，那王寡妇头发比周瑞芬浓密，年纪也要小八岁，而且很有肉感，某些重要的部位特别丰满。自从她靠上朱阿田，听说扫地更利落了。那扫地，是村委会照顾她的，因为她家没劳力，还要供养一个儿子上学。那是块包干地，早晚各打扫一次，月薪两千元。她白天比较闲，扫完地还可以在附近工厂拿点零件装配，计件的，赚点零花钱。由于勤劳，五年来，日子过得也不差。于是，村民们公认，王寡妇年纪轻轻的，偷人只是正当需求而已。

那天，朱阿田又去了南严村河角嘴。大概过了一个半小时，开门出来，他的样子像极了踩过水的公鸡，浑身舒畅，走路轻松得像要跳跃，脸上略带轻浮的微笑，那张黑脸上似乎也透出一点红润。一会儿，王寡妇也跟着出来了，一脸满足的神色，使那大圆盘脸上多了几分妩媚，走起路来扭得空气中都有淫荡的气息。她一手摇着，一手舞着，要去拿装着扁谷的淘箩给鸡舍里的家禽喂食。

突然，朱阿田的丈人闯了进来。扯开大嗓门就开骂，从朱阿田本人一直骂到他的十八代祖宗，唾沫星子不断地喷向眼前两个不要脸的东西，村民们越聚越多，原本冷冷清清极少有人经过的河角嘴聚集了黑压压的一批无事可干的中老年人。有人站着听，有人趴在墙头看，更有甚者搬来一张凳子，一屁股坐下来，如我们小时候看戏似的，好像打算不走了。

最后，还是周瑞芬得到消息跑来把自己父亲拉走了。

听说，之前朱阿田提出离婚，周瑞芬不肯，说这么大年纪了还离什么离。经过这场丢人现眼的热闹戏，她主动对朱阿田说："戏结束了，离婚！"

于是，朱阿田净身出户了。

据说他女儿路上碰到他，都绕道而行。

朱阿田直接与王寡妇住到了一起，王寡妇的屁股从此也扭得更欢实了。又据说，王寡妇的儿子得知情况后，坚决不回家了。无奈，王寡妇不能与朱阿田办合法手续，只能是不明不白地拼着。

谁知，拼着也拼出好处来了。

不久，朱阿田病了，而且是恶性的胰腺癌，来势汹汹。王寡妇直接把他赶了出来，朱阿田只能回到原来的家，他女儿不肯接收这个丢尽脸面的父亲，还是周瑞芬心善心软，说了句："一夜夫妻百日恩，总归是结发夫妻，人都到这份儿上了，过去的事别提了。"还辗转托人将朱阿田送到上海大医院，医生说他的病灶位置很不好，不能手术，顶多还有两个月时间，该吃什么就吃点什么吧。

朱阿田就又回到了朱家堂村。周瑞芬对他服侍得很周到，每天变着花样给他做各种新鲜的食物，可朱阿田还是很快进入大小便失禁的状态。他的脑子依然是清醒的，心里非常感激周瑞芬对他的宽恕，在不久后的一天早上含笑而逝，享年五十三岁。

丈人并没有参加朱阿田的丧事，只是说了句："都是他自己作的。"

呆头鹅阿珍

一个人脑子里总是要想点什么的，如果什么都不想就与村里的呆头鹅阿珍一样了。

阿珍，谁也？本村朱兴龙的老婆，五十出头，瘦高、长颈、黄脸，细小黄发，感觉就是营养不良的那种，但走路笔挺、有力，两肩摆幅超过男人，说话声音响亮，饭量是普通妇女的两倍，都说阿珍似呆头鹅，但有些时候阿珍比村支书还聪明。比如，当年还在生产队劳动时，见天要下雷雨了，阿珍总是第一个扔下田中的活儿跑回家，把晒在门口的衣服和被面及时地收进，而村支书家门口晒的东西总是被淋得最透。村支书总是忙于收公家的财物，哪有时间收自己家的东西。有人曾开玩笑说："阿珍，你以后跑回来收东西时，顺便把林支书家的衣服和被面也收一下。以你的速度，收两户人家东西绝对不会被淋雨。"阿珍抬起头，伸着她那长长的脖子，呆头鹅似的问："那被面收后放哪儿啊？"大家就哈哈大笑，说："放你自己屋里啊，收进了就是你的了。"阿珍呆呆地看了他们几眼，转头又去干活了。别看她呆、瘦，干的活比男人还猛力，只是她什么时候想到回家了，或脑子里哪个筋上来不想干了，就直接跑回去了，林支书也拿她没办法。她刚嫁过来前几年，村支书还试图给她讲道理，但讲不通，边上的村民就笑，说这是对牛弹琴。牛与鹅是同类项，你与呆头鹅谈什么话。从此，村支书和所有村民一样放弃了与阿珍的正常谈话。

当然，阿珍也有正常的时候。比如谁家有上梁、结婚，凡是抢馒头、分喜糖等好事，她总是挤在人群的最前面，从不落下，用她那件红底色的洗得快发白的布兜兜回一堆好吃的，从小把她家那个儿子吃得白白胖胖的。阿珍不识字，也不会计算，要是拿一张百元大钞叫她去买瓶酱油，她马上变回呆头鹅了。他们家要去村内小店购物或上菜市场，不是兴龙出面就是他儿子出门。那儿子从小聪明，会摇摇摆摆走路时就知道替妈妈跑腿了。阿珍夫妻俩没文化，又由于阿珍的半残疾，她的儿子受大家族照顾较多。儿子小良是跟在太爷爷朱南山脚后跟长大的，受老祖宗的熏陶最多，是正儿八经的北京师范大学毕业生。

如今，阿珍早就做奶奶了，人家讨儿媳妇七挑八捡的，阿珍没发言权也没能力，百事不管。儿子在城里买了房，娶妻生子。逢年过节回来时小汽车后面全是各类生活用品和食品。阿珍看花了眼，很多东西根本没见过，但她什么话都不说，只笑笑，默默地把东西快速搬进里屋，有村民故意问她："阿珍，你儿子拿来的都是什么东西？给我们吃点啊。"

阿珍总是先愣一下，然后挺了挺胸，答："没啥东西。"阿珍吃东西从来不搬到外面来，以前穷时那样，现在富了仍那样。有老辈人说："不要说阿珍呆，其实一点不呆，她藏得住，怪不得她家能兴旺。"

阿珍的儿子像兴龙，人高马大，一表人才，聪明且帅气。听说是她家儿媳妇倒追阿珍儿子的，人家怎么会想到婆婆似呆头鹅，公公的一条腿严重残疾，家里乱得远胜猪窝，整个朱家堂村找不出第二家。她儿媳妇并不嫌弃这个家，每次来了都前前后后，里里外外，帮着打扫一通，还把阿珍所有衣服被子晒洗一番，好像来做"娘姨"似的。小夫妻俩齐心给二老做几样丰盛的菜，但他们从来不过夜，哪怕后来有了孙子。

阿珍当上奶奶了，有村民打趣："阿珍，你吃了大家那么多红蛋，现在该轮到你家分红蛋了。"阿珍瞪了瞪眼，又愣了一下，认真地答："我没钱。"村民说："你没钱，阿龙有，让阿龙出。不行，对你儿子说，听说你儿子在市里开着很大的培训学校，赚头很好啊。"阿珍继续答："他们也没钱。"然后头一摆，跨着大步走了。孙子快满月时，儿子来拉阿珍夫妻俩进城。阿珍提了两个大红桶，里面放满了自己家养的鸡生的蛋。这两个大红提桶是20世纪四五十年代的嫁妆，算得上古董了，原是阿珍婆婆的嫁妆。十多年前，阿珍婆婆过世后，为这两个大提桶，她大姑子满村庄去找，仍找不到。有好事者就曾提醒："肯定是你家弟媳妇呆头鹅阿珍拿的。"为此，大姑子还真的去问过阿珍，阿珍立即摇摇头，答："我没拿过。那么多亲戚不问，你偏来问我一个人?"大姑子被怼得一个字也回不出，好像真的在欺侮阿珍，而这话明明答得一点不像呆头鹅。

更有意思的是，阿珍从儿子家回来时，没拿回那两个大红提桶。她大姑子得知风声，匆匆赶到阿珍家，也似呆头鹅似的看了看阿珍，不知道问什么才好。

阿珍也像呆头鹅似的回看了她一眼，愣了愣，转身去菜园子喂鸡了。这时，阿珍的脑子里可能在想，母鸡，母鸡，你多生几个蛋吧，让我小孙子吃吃。

瘪三阿林

村民们都叫他"瘪三阿林"，其实，这真的是老皇历了。

三十多年来，阿林乘着改革的春风早就成了老板，而且不是普通的老板，是亿万富翁级的。

阿林的祖辈在朱家堂村是出了名的穷困潦倒，到他爹那代，更穷。阿林初中未毕业，就开始闯江湖，完全是因为穷而读不起书。阿林脑子很聪明，班主任老师朱晓莲可以做证，为了不让阿林辍学，朱老师三次登门，但阿林爹说："朱老师，我们家实在拿不出多余的钱给阿林读书，你就随他吧，或许这就是命。"阿林看看父母，再看看两个双胞胎妹妹，一个个都灰头土脸的，每个人穿的都是百补丁衣，他和妹妹们从小不知道穿新衣服的滋味。父母自己冬天都没棉鞋穿，他们仨兄妹有母亲做的棉鞋但没有袜子，他的内心比谁都难过。两个妹妹都长得很秀气且漂亮，正上小学二年级，仍是黑户口，为此家里被罚了款，父母每天除了田间劳作，晚上还要搓草绳，做草包，但家里还是很穷，爹爹已在考虑让妹妹们先辍学，阿林不同意，用大人似的语气对爹说："让妹妹们去读书，我去打工，以后由我负责供她们上大学。"

那是20世纪80年代末，镇上建了个综合市场，写着"让白龙走向世界，让世界了解白龙"。阿林就在那儿租了个摊位卖牛仔裤，当时的牛仔衣服风靡一时，可不久，暴利就被大众识破了，阿林昙花一现的致富梦破灭了。

也不能纯粹说梦破了，是班主任朱老师的话点醒了做梦的阿林。

那是个休息日，朱晓莲老师带着读高中的女儿来综合市场买衣服，恰好在阿林店里看中了一条蓝色的牛仔裤，标价两百八十元。阿林再想赚钱，想疯了也决不会赚自己老师的钱，更不会做对不起老师的事。阿林对老师和她女儿说："不要钱，送你了。"但朱老师和她女儿不干，非要给阿林钱。阿林说："那三十元，成本价。"朱老师不信才三十元，一定要给足两百八十元。阿林无奈说道："朱老师，我不仅是你的学生也是同村的，我怎么能赚你的钱呢？更不会骗你。"谁知朱老师目瞪口呆了一会儿，三天后的一个晚上到他家来了。

朱老师不是来家访的，是与阿林谈心的，相当于做思想工作。朱老师勉励阿林要走正道，取财有道。朱老师认为阿林这种暴利生意不能再做了，从长远来说百害无一利，容易使人走上不正之路。想不到教政治的朱老师还有一套经济的眼光，阿林相信朱老师的话。朱老师临走前还给阿林留下了一本书关于如何致富的书籍，不愧是最了解阿林的班主任。

在朱老师的启发下，阿林开始关注制造业，办过鞋厂、食品厂、拉丝厂，最后办了个造纸厂，就是现在闻名的林氏造纸集团。三十年过去了，阿林已成为文城市有名的企业家。

虽然，阿林十多年前就搬出朱家堂村了，但作为从村里走出去的企业家，阿林有时还会回来参加村内的建设发展讨论。前段时间村内道路扩建阿林出了五十万元；村内文化礼堂建成，阿林又出了五万元买了一批图书放在那儿供村民借阅。阿林的两个妹妹都是大学毕业生，一个在北京，一个在上海，而且都嫁了戴眼镜的知识分子，他们家除了阿林没什么文化，连阿林的老婆也是20世纪90年代的中专生，现在在文城市科技局当领导。当年，她也是被阿林的闯劲吸引了。听说，阿林现在有了本科文凭，经常在文城市某大学里听课，这话不是别人说的，是村支书朱善华说的，他与阿林当年是小学同桌。村支书曾去过阿林的家，那是文城市最豪华的小区。据说那套别墅买价一千万元，里面有游泳池，也有菜园，村民们听了笑，阿林还是改不了农民本色，在大城市里还搞个菜园。听说阿林装修别墅花了一千两百万元，全是南洋红木家具，里面漆黑八落的，不够亮堂，还是朱家堂村的农家别墅舒服。那别墅共三层，面积很大，像迷宫似的，房大，人少。今年阿林的儿子结婚了，阿林就对新儿媳妇说：你们最好生两个孩子，别墅实在太冷清了。

阿林已不再是瘪三阿林，有文化有地位，重要的是钱包比谁家都鼓。但每次阿林回村，还是有人远远地叫，瘪三阿林回来了。阿林听了一点也不生气，总是从右手衣袋里拿出软中华分给村民，他自己抽的是从左手衣袋里拿出来的普通的利群。

　　村内有长辈曾打趣："阿林，你什么时候不装出一副瘪三样呢，你不应该抽普通利群啊。"阿林不接话，只是笑笑，从左边袋里取出一支烟继续抽。

同学阿芬

在农村叫阿芬的人很多，光朱家堂村估计就有二十几个。有本村姑娘，也有本村媳妇，更有本村老妪。朱玉芬、朱小芬、林大芬、王幼芬、黄佩芬、郑永芬、吴祝芬、吴兆芬、周瑞芬、沈荷芬……

我的同学阿芬，大名叫朱芬芳。我曾笑她："你的家人为什么叫你阿芬，而不叫你阿芳呢，至少阿芳听起来显得年轻一点，阿芬这名好像使你出生时就变成了一个老人。人家被叫阿芬都因为名字中最后一个字是'芬'，而你，明明最后一个是'芳'，却偏偏要叫阿芬。"她睁着大而圆的眼睛迷茫地看着我，眨了眨眼睛，又眨了眨眼睛，结巴着想说什么，但张了半天的口说不出一个字来，好像我是天外来客讲着她听不懂的语言。

事实上，从小到大，阿芬好像经常听不懂同伴们的话，当然更听不懂我的话。因为我自以为思维比普通人更活跃，更前卫，但阿芬自始至终都跟在我的屁股后。无论是小时候打弹子，跳房子，拉皮筋，斗地主，偷瓜果，捕麻雀，还是捉泥鳅，别看她长得不灵活，只要我一声大喊，她会比任何一个男生都快速地来到我的身边。

故此，当我走出农村，汇入城市时，没有舍不得父母，倒有点舍不得阿芬，因为她是让我充分感受被需要、被尊重的发小。每逢回老家，我第一件事是去看奶奶，第二件事便是去阿芬家。无论多忙，我都要听听阿芬最近在干什么，是不是有人欺侮她。当然，本村的伙伴们是不敢欺侮她的，哪个欺侮她了，我回来必定找他算账的。谁叫我曾经是朱家堂村的一霸呢。

我曾担心阿芬的个人问题。她仅有职高学历，毕业后在白龙镇一家集体企业上班，后来不知谁帮的忙，去镇上的供销社当了一名编外工人。在我大学刚毕业那年，有一天，阿芬突然打电话给我，说："小珠，农历十二月十八，我结婚，你当伴娘！"自以为一直比阿芬聪明的我一下子蒙了。这么大的事，阿芬为什么之前没向我透露一丝，而是直接给我下达命令和通知呢。我急着问："阿芬，你男朋友是哪儿的?"阿芬响亮地回答："供销社的，正式工。"哦，20世纪90年代初，供销社还是很响亮的单位。怪不得阿芬在电话那端中气十足，连平日里的结巴都消失了，应该也不会再不停地眨眼了吧。

阿芬大婚前一天晚上我回到了老家，她居然是涂着玫瑰色的口红出来迎接我的，喜气十足。这是我第一次见阿芬用口红，后来她经常用口红，现在都快五十岁了，女儿都恋爱了，她依然每天涂着靓丽的口红，这在农村妇女中并不多见。我也是在那天晚上才知道，阿芬的老公比她大五岁，个子却比阿芬矮三厘米，阿芬并不中意，他整整追了阿芬三年，不光阿芬被感动，连阿芬的父母和兄弟姐妹都被感动，得到了家人一致认可。最后由她母亲做主答应这门婚事。怪不得阿芬从来没与我提过此事，原来，她心有不甘啊。

在第二天的婚礼中，我全程见证了阿芬的新郎杨先生的英俊，虽说只有一米五八的个子，但他长得白皙粉嫩，精干，做事利索，有着精致的五官和始终向阳微笑的神情。在场的几个发小都说："我们还有什么好不放心的呢，阿芬的幸福日子要开始了。"是啊，这样标致的年轻人，十里八乡估计打着灯笼都难找到。重要的是我们从现场的诸多细节可见，杨先生对阿芬呵护有加，言听计从，真心实意。

当我结婚时，阿芬带着她的老公，还挺着一个圆圆的大球，来到我家。她眨了半天眼睛，结巴着说："小珠，我肚里的孩子天天乱踢，特别好动，估计生的是儿子，我很担心呢。"我问她："担心啥？"她白了一眼边上恭恭敬敬站着的杨先生，说："要是生个儿子也这么矮，以后注定讨不到老婆了。"听得我哈哈大笑。谁知，阿芬后来生的却是囡，解除了阿芬原先的担忧。

如今，阿芬的囡长得比阿芬还高，皮肤比杨先生还白，是个难得的大美女。重要的是囡比父母都要聪明，同济大学研究生毕业，留在上海，还找了个上海小伙子。

按农村的传统，阿芬将来要去上海替囡管孙辈。每每村民这样问阿芬时，阿芬总是眨着眼睛，结巴着转身问杨先生："我们……我们……一定要去大上海吗?"

杨先生也结巴地回答："我……我……听你的!"

冰糖心

秋天，朱家堂村村委会门卫间又堆满了冰糖心苹果，那是朱佳丽从新疆快递来的，她代表文城市人民医院医生正在那儿扶贫结对，已有整整一年半了。

关于医生朱佳丽的援疆日记，守门卫的朱兴复反应比谁都快，每天看报后，第一时间把上面刊登的故事内容及时在村民中传播。朱佳丽不是别人，是他本家侄女。

朱佳丽去新疆之前，不会一句维吾尔族语言，而现在，她不仅能听懂了，还能说一些库车当地的方言。

她一到那儿，当地就开始传颂医院里来了文城市的妇科专家。于是，朱医生的专家门诊差不多次次爆满，所在的妇科病房连走廊上都加床住满了患者。同样是女同胞，当地妇女的自身保护意识薄弱，很多妇女来就医时已经错过最佳医疗期，甚至进入晚期。但当地人很自律，哪怕她们本身很不舒服，哪怕已经排了半天队，医院下班时间到了，她们都会主动撤离，绝不拖泥带水央求医生延长就诊时间，很多时候都是朱医生主动对患者说:"你们别回去,等看完你们几个我再下班。"但朱医生只会说汉语,语言不通浪费了很多时间,而病患实在太多,朱医生很焦虑。

一个休息日,朱佳丽医生独自上街去买新疆大馕,听说那家店的大馕做得特别地道、入味,每天都有很多人排队,还限购,每人最多买五个。朱佳丽慕名前往,排到时,那位收钱的大娘给了她五个馕后,却摆摆手坚决不收一分钱。朱医生不会当地语言,两人叽里呱啦说了半天,她一个字也听不懂。周围的人也不会汉语,但她从大家的表情上看出他们对她的尊重,边上的人示意她拿着馕可以回去了,她也就稀里糊涂又尴尬地拿着五个大馕回来了。

回来后,朱医生决定恶补维吾尔语,向当地同事学习。她边学边用,每学一点就随时在医院里运用,有时患者也会帮她纠正发音。三个月下来,妇科疾病的那些常用语已不在话下,患者阿曼古丽都向她竖起了大拇指。

说起阿曼古丽,那是个特殊的姑娘,才二十岁,却已经有了个三岁的孩子。她高鼻梁,白皮肤,大眼睛,高挑曼妙的身姿,是标准的新疆美女,走起路来喜欢头偏向左边,气质纯朴又灵动,还特别爱笑,笑起来连朱医生都要被迷倒,心里禁不住称赞:新疆姑娘真美啊,那是天使般的美丽。阿曼古丽在这之前从来不知道自己得了妇科病,每次不舒服了就在家里吃点土方子药,这次是肚子痛得地上打滚了才由家人送到医院的。朱医生一搭她的脉就知道病情的严重性,叫她立即住院,阿曼古丽却说家里还有孩子和老人要照看,无法住院。朱医生只能让她先输液，光吃药已压不住了。于是，阿曼古丽每天乘两个半小时的车辗转来医院打针，可一星期后，她不来了。

朱医生一直惦记着那个有天使般笑容的姑娘。根据阿曼古丽留下来的电话打回去，没人接。她知道对方的病情有所好转，可还得继续治，否则有恶化的可能性。电话依然不通，朱医生到处打听，同事告诉她阿曼古丽住的那个村庄偏远，一般挂职的医生都不会下去，上面也不同意她随便下乡，但朱医生决定在双休日去探访。同事们被她的温暖感动着，有人愿意开车陪伴她一起去。

当两位医生走到阿曼古丽的家门口时，看到她唱着民歌正在用一把缺齿的旧木头梳为幼小的女儿编那长长细细的头发，太阳正温和地照在母女俩的头顶上，那是深秋的季节，当地已经很萧条，气温下降，但阿曼古丽的脸色柔和，歌声美妙，她的注意力全在孩子身上，怎么都无法预见朱医生会跑到她家里去。朱佳莉瞄了一眼阿曼古丽家的院子，以及她手上那把缺齿的木头梳就能猜测出她家的境况，心头一紧，眼眶不禁湿润了。朱医生家里有个二十三岁的女儿，在上海读书，正在享受最美好的学生时光。而同龄的阿曼古丽却已过早地被浓浓的烟火气给包围了。

"阿曼古丽！"当朱医生亲切地用维吾尔族语叫她时，对方抬起了头，惊讶地站起来，喃喃地说："您，您怎么跑来了？"突然，她激动地大喊起来。出来的是与她同样年轻的丈夫——热沙来提。

朱医生细细地为阿曼古丽把了脉，还给她带去了药物，劝她定期回医院做复诊复查。探病中，她才知道，阿曼古丽的公公婆婆都患有重病，家庭经济相当拮据。回来时，她把包里仅有的五百元钱留给了阿曼古丽的女儿。

当医生的汽车发动时，阿曼古丽夫妻俩一定要在车上放上好多的苹果送给她们，说这些冰糖心苹果是自己种的，很甜，树上还有很多没摘，销售不出去。从来不喜欢吃苹果的朱医生，却从此爱上了苹果，因为那冰糖心苹果实在太甜美了。为了帮助阿曼古丽家，她在单位群、家庭群、各类工作群不停地向大家推荐阿曼古丽家正宗的新疆冰糖心苹果，凡吃过的亲友都说朱佳莉推荐的冰糖心苹果比任何一家水果店推送的冰糖心更美味、香脆。

这就是文章开头，大家看到的朱家堂村门卫前每个秋天都会收到一箱箱冰糖心苹果的来由。

朱佳丽医生在扶贫期间深深地感受到了新疆人民浓浓的乡村式的情感，她本人也将南方朱家堂村人的朴实与真情传递到遥远的新疆，并把扶贫工作深入、推广。用当地百姓的话说，朱医生的心如冰糖心一样甜美，一样沁人心扉……

幸福人儿的悲伤

常言道：家家有本难念的经。但全村公认，这话在朱佳妮家是不可能存在的，因为朱佳妮的幸福是随处可见的。瞧她那弯弯的小眼睛闪着透亮的光，脸上挂着和蔼可亲的笑容，是全村人最羡慕的家庭，包括她的父亲朱兴复。

看到此，你肯定会以为朱佳妮是个年轻人，是一个爱撒娇的小妮子吧。不，她是我们村个子最矮小，左手残疾的一名五十岁的老女人。丈夫严江原是五里外的南严村人，是入赘女婿。朱佳妮和严江是从小学读到高中的同班同学，自由恋爱，一开始丈夫并不想入赘。在快要结婚前一个月，朱佳妮在收割晚稻谷时，左手不小心卷进了打谷稻筒机，幸好被在一起打谷的父亲及时拖出来，保住了全手，但还是致残了。

事发后，严家父母不允许严江来探望受伤的佳妮，支支吾吾地要悔婚，理由是严江上面还有哥哥没找到对象，弟弟也快到娶妻的年纪了，而严家人有一个重大缺点：矮！虽说朱佳妮是全村最矮小的成人，一米五都不到，但严江也只有这么高，般配。父母的忧虑是现实的，儿子本身是半个侏儒，再来个半残废的儿媳，未来的日子怎么持续？可坚强的朱佳妮并没有妥协，主动叫父亲上门说和，相信他们小夫妻未来的日子会自力更生，和和美美，并表示原先说好的酒水钱不要一分了。而严家父母依然紧锁眉头，不搭话。最后还是严江再三请求父母成全，并写下保证书放弃家中所有一切财产，入赘朱家。事已至此，父母不得不松口。严江就这样住到朱家破旧的老宅里，一晃二十多年过去。这不，三年前，南严村拆迁了，严江分文未得，没一丝抱怨，还带着朱佳妮一起帮兄弟们搬迁新居，忙得不亦乐乎。

以前朱佳妮和丈夫都在镇上的福利厂装配件，计件制，夫妻俩互相帮助，每个月拿的钱比谁都丰厚，但后来福利厂破产了。于是，他俩就搞了一辆小三轮车，在城乡接合部做起了早点生意，有牛奶、豆浆、粢饭、油条、油饼、煎饼、荷包蛋等，花色齐全。别看她一只手基本废了，戴上薄薄的手套，动作还是相当麻利，生意稳定，糊口没问题。卖完早点，夫妻俩就骑到城里收废报纸和废书，报纸直接出售给造纸厂。收来的书，经过再次挑选去摆摊，在城里古玩弄出售，差价赚得不少。因为二手书价格由他们自定，而收时只是论斤的废品。2013年，她的儿子成功地考到全省著名的文城中学；2016年，儿子从文城中学直入清华大学，轰动整个朱家堂村和白龙镇。这些年，儿子的成长费用全靠夫妻俩摆小摊做小贩赚来的。朱佳妮说儿子是在废书堆里长大的，他们夫妻俩也经常捧着那些旧书看得津津有味。村民们说，老太爷朱南山几十个孙辈中，最嫡传的可能就是这个半残疾的孙女朱佳妮了。

如今，他们都年过五十，家境至今不富，更没有像别的村民家那样有小汽车，他俩依然共享一辆低矮的三轮车，丈夫在前面骑，妻子坐后车兜，一路上总是笑呵呵，似乎有许多说不完的话，脸上永远是春意盎然的幸福感。不骑三轮车的日子，夫妻俩出门总是手牵着手，严江就牵老婆那只残疾的手，似乎怕她一不小心溜走了。村民们说，自打他俩结婚起，出来一直是这个状态，二十五年来从未改变，看上去也一直是那么的平常和自然，没有任何一点做作，因此也更显得弥足珍贵。如今，儿子在北京上大学，偶尔回来，一家三口出行，儿子跟在后面，夫妻俩仍手牵手走在前。儿子的个头高于朱佳妮夫妻，俨然成了父母的保护神。严江虽然长得不怎么的，但穿着斯文，没有高级的服饰，但整洁体面，经常是白衬衫加深色长裤，中间是一根黑白相间的皮带。冷了会加一件西装或棉衣，干净利落。而且他的长相似乎也一直没变，与当年结婚时一样，不老，反显红润。相反，朱佳妮显得有点邋遢，尤其是夏天，出来散步老是穿一件宽松的大睡衣，前面还挂个斜挎包，边走边聊。如果你能走近他们，说不定还能听到他们偶尔在谈海子或顾城的诗呢。用他们儿子的话说，爸爸妈妈能把豆浆和油条的语言都换成生活中的诗歌，回归大地。如此，他们的日子注定是幸福的。

然而，谁会想到呢，就在朱家堂村快要拆迁的前一个月，朱家老宅因电线老化而失火，虽然两人都被救了出来，严江却因伤势过重而亡。从此，朱佳妮那弯弯的小眼睛再也没有出现过和蔼可亲的笑容。

　　分配新房的那天，儿子特意从北京赶来，严江的两个兄弟也来了，朱佳妮走到新房前停住了，茫然地自言了一句："这新房子给谁住呢？"

草坪上冒出的大青菜

　　保安老胡大惊失色，小区的草坪上竟然冒出了两棵大青菜，如此突兀。为什么之前没有发现呢？是谁种的青菜呢？难道是自动飘来的菜籽落地生根长出来的？

　　那么大的两棵青菜，整整齐齐地从绿色的草坪里冒出来。前几天刚下过一场大雪，当时为什么没发现呢？这是谁的责任？

　　老胡蹲下来，认真仔细地审视青菜四周，尤其菜根部分草坪是否自然，没有发现一丝被动过的痕迹，应该能确定大青菜是自然生长的。可他在这小区当了十年保安，第一次看到有大青菜长在草坪上。去年，因为草坪上长出一棵莫名的小树苗，他被物业处的张经理罚了半个月的奖金。他更记得7号楼的朱仙婶以前在草坪上开出一块小菜地而被物业联合社区等部门处理，后来事情发展得相当复杂。

　　要不，马上拔了那两棵大青菜？趁人们还没发现。但万一大青菜是业主种植的呢？那不能大意，如果真这样，业主要是跑到保安室来骂他，可能一天内机关枪似的被连续扫射一小时，连解释一句的机会都没有；也可能是一天被骂一次，连着被骂三个月；更有可能从此以后该业主会不停地找各种茬让他滚蛋。半年前，他亲眼见过同事老王被5号楼某业主骂得灰头土脸，第二天住进了医院，出院后直接辞职不干了，哪怕张经理挽留他说"大多数业主反映他工作态度良好"都没用，他铁了心辞职，说这一辈子再不干物业保安了。老胡从湖北农村出来已十八年了，什么样的工作没做过。说真的，城里的工作真不如早先带他出来的邻居说的那么容易找，难，难找！除非你特别不怕苦，没文化又不怕苦的他们只能出卖劳力，而出卖劳力的工作实在太苦！现今，他五十八岁了，干不动了。物业保安工作除了特别烦人，其他都可以，他需要这份十二小时为一班的工作。

　　青菜拔还是不拔，老胡还在犹豫。要是张经理早就发现了那两棵大青菜，只是考验一下他们为什么没发现，说明他们工作不认真，或者说不尽职。张经理有时很爱较真，较真起来比业主还厉害，没办法。偌大个小区，三千户人家，差不多一万多位业主，一万多位业主一万多条心，张经理是经历过成千上万次心性磨砺的出色经理，哪怕他不爱较真，长期处在这样的环境中，要么成为惊弓之鸟，要么成为魔都之王。张经理属于后者，他是所有保安人员的魔王。

　　老胡正木然地站在大青菜边时，7号楼朱仙婶过来了，她笑容满面地问："老胡，发什么呆啊？想老家了吗？过年回老家不？"老胡去年在隔壁的老小区买了一套五十四平方米的房子，买入时才二十七万元，今年因为学区房关系涨到一百六十万元，真像天上掉馅饼似的，老胡总算成了新文城市人了，儿子女儿全搬到了这座城市，尤其儿子大学毕业考入了白龙中学当了名体育老师。老胡打算以后将这套房子过户给女儿，让外孙能顺利进入边上的好学校。至于孙女，儿子所在的白龙镇中学本身是重点学校，儿子自己是该校老师，孩子读书不需要他来操心。现在他和老伴仍在工作，赚来的钱贴补他们两户小家庭，让小辈们的日子过得更红火，能真正地融入本地。说真的，打工者都说融入本地人圈子很难，但老胡觉得本小区大多数业主很和善。就说昨晚值班，零下四摄氏度，晚上8点时，1号楼何阿姨给他送来了热姜茶，还有两个冒着热气的肉包。平时，常有业主来保安室放东西，顺带送他一个苹果或桃子之类，那是常有的事。甚至有时在饭点时间，有人会把家里多做的菜肴送来与他分享。当然，他也见过个别厉害的业主，比如把同事老王逼走的女业主，她每天在小区外的棋牌室打麻将，平时爱说大话，也爱与老胡搭腔，老胡也见过她与一位牌友翻脸不认人的模样，幸好对方是一个中年男人，男人主动妥协，表示服了，然后她才重拾笑脸当自己真赢了，骄傲地抬着头在老胡及几个牌友中炫耀。该女业主的行径，让老胡想起老家村庄里的部分妇人，也是这般性格，看似爱憎分明，实则无理取闹。老胡常想，住在这个小区里的居民，原先大多也是从农村上来的吧，估计与他老胡没什么区别，唯一不同的是他们的根在这里，而老朱的根在湖南，属于"外籍人士"。他儿子这代，都是在文城市读的大学，工作又在此，二十年后，应该能融入本地了。至于他孙女嘛，出生、成长都在此，当然更是本地人了。所以，每当业主们向他微笑，给他送温暖时，老胡充分感受到自己是小区的一员，为自己融入了本地人圈子而骄傲着。每天早晚，他的保安室挤满了人，聊天的、嗑瓜子的、等人的，来来往往都是一些中老年男女，他们从来没把老胡当外人，有什么说什么，天南海北的，哪怕说的是方言，老胡不仅听得懂，基本上也能讲。聊天时听说还有几个是在职领导干部呢。领导干部难道不能进保安间聊天？没这规矩，当然可以来，这是领导干部亲民的表现，大家也知道领导在哪个门头上班，具体分管什么，但他们很和谐，从来没当自己是领导，同样大声地谈话，畅快地呼吸，自由地吃零食，甚至有很多默契的地方。朱仙婶就是经常来保安室聊天者之一。

老胡回过神来，微微点点头，朝朱仙婶领悟似的笑了笑，走了。朱仙婶来自白龙镇的朱家堂村，女儿女婿都去贵州支教了，她经常有一搭没一搭地来女儿家住一段时间，用她的话说房子需要人气，她为女儿家增加点人气，顺带打扫一下房子，自己也在城里逛逛。她每次回来时，有事没事也总爱到门卫处与老胡他们聊聊天。老胡曾有一段时间想不明白，他们穷地方的人要到这个沿海城市过更好的生活，为什么朱仙婶的女儿要去穷山沟贵州支教，听说她的外甥女正在上大学，大学毕业后也想跟随父母去支教。

而朱仙婶看着老胡远去的背影，心里疑惑，老胡平时没近视也没远视，这么大的两棵青菜居然没有看到？是他家变得很富裕了，还是他这个农民已经不在乎那两棵绿色有机蔬菜了？等他的背影消失在2号楼的拐角处，朱仙婶放慢了脚步，蹲了下来，目光变得温柔起来。哈，两棵大青菜，长这么大，而且长得一点不比她在朱家堂村种得差。这么大两棵，能吃上三餐吧：一餐做蘑菇炒青菜；一餐做醋熘带鱼菜羹；还有一部分做烤菜，放两个小红辣椒加几个小黑菇。她用右手在菜根部轻轻一使劲，两棵青菜连根拔起，扭着她那每天在广场上舞得最欢的粗腰，唱着小曲儿回家去了。

　　这一切，老胡在保安室的屏幕里看得一清二楚。他的脑海里还在回旋：那两棵大青菜与朱仙婶到底有什么关系？她一个人吃得了吗？与他老胡又有什么关系？

不懂事的孩子

　　朱玉球其实是个孝顺的儿媳妇，每次带孩子外出活动，总记得带上公公婆婆，但公公林伟康总说儿媳妇与孙子一样是个不懂事的孩子。

　　这不，今年特别忙，朱玉球已经有五个月没带孩子出门了。孩子白天主要与爷爷奶奶一起看电视，偶尔去朱家堂村的操场上玩小沙堆或开趟玩具小汽车。其实，村内在家的小朋友不少，至少有五六个同龄人吧，婆婆不太喜欢让孙子与别家孩子玩，说是怕被病菌感染，更怕被人欺侮。朱玉球曾劝说，都是小孩子，就算打架也没关系，不出五分钟又会搂在一起的。婆婆却坚持己见，她也无奈。这不，关腻了的孩子在进入暑期后，多次问："妈妈，什么时候带我和小朋友一起去外面玩啊？"于是，朱玉球在群里征询家长们的意见，王妈妈说她的老家盛产水蜜桃，恰好最近是吃桃的旺季。于是，他们约定在阳光不太猛烈的周日前往闻名的水蜜桃之乡。

　　出行的老规矩，大家准时在幼儿园门口集中，浩浩荡荡的亲子一日游开启啦。由老公林华开车，朱玉球做导航员，儿子廉廉和爷爷奶奶坐后排。一路上，全家人听着童话故事，其乐融融。

下高速后，不过千米，转了个弯，满眼翠绿的山坡跃入眼帘，山坡上处处是低矮的桃林，空气中都洋溢着甜蜜蜜的鲜桃味。进入桃林每人先付三十元，管大伙儿吃饱，摘下的桃子称重量结算。孩子们穿梭其间，雀跃无比，笑声一阵阵回荡在山峦间，似乎能感动在场的每一个生命，包括桃林间的每一个精灵。

公公是位刚退休半年的干部，精神饱满，健步如飞，转眼工夫就带头咬了三个水蜜桃，每咬一口就扔掉一个，一边嘴上说："这个不够甜，这个不够熟，这个还可以……"但哪怕是他嘴上说的"还可以"，仍然只咬上一口就远远地扔出去，说话间又扔了三四个桃子，王妈妈看得目瞪口呆，欲言又止。朱玉球明显地感觉自己的脸上火辣辣的，她用手肘轻轻碰了碰丈夫，使了个眼色。丈夫不知道是真没感觉到还是装作不知道，不理她，反而跑到离她很远的小屁孩们那边去了。无奈，朱玉球走到近处的婆婆那儿，悄声地对婆婆说了几句话，婆婆低声答复："不是说随便吃吗，难得出来，那就让他吃个够吧。"朱玉球睁大了眼，不知道如何接话，仔细一想，公公婆婆平时这么恩爱，想法当然一致的。婆婆在村里也总爱占个小便宜，公公也从来不曾公开反对过，有时还要赞美婆婆聪明能干，经常显得她这个儿媳妇不懂事。

朱玉球悻悻地回到原来的点上，继续摘自己的桃子，她摘得小心翼翼，慢慢地剥开每一张包裹着的黄纸，仔细查看每个桃子的色泽是否通透、水润，再轻轻地捏一下桃子的成熟度，这是王妈妈教他们的，也是昨晚公公教豆豆的方法。如果桃子还比较生硬，大家就重新将黄纸包住桃子，让它继续成长，这张纸是为了防止害虫及鸟类的袭击，桃农们每年只挣这一季的辛苦钱，游客们有必要保护还未成熟的桃子。

不远处的公公依然骂骂咧咧，挑三拣四地嫌弃这片水蜜桃不够正宗。王妈妈跑过来，拉着她的手，用哀求的语气说："想办法阻止一下你公公吧，这吃相，让主人看到了我都无法向桃农交代了。"这片桃林是王妈妈的堂伯种植的，她之前在群里说过，全市正宗的水蜜桃就只有这山田间的一千多亩，送到首都的水蜜桃都产自这里呢。

朱玉球从来没在公公面前说过一句重话，毕竟，老人家是长辈，而且他原先在单位是负责后勤保障的，昨晚上还自称对采购食品之类最为熟悉，买桃子尤其内行。但朱玉球还是硬着头皮走了上去，轻声细语地问："爸，桃子品质都还好吧？"公公答："好什么好。"她又提醒："不好的话，您别摘下来，挑好的摘就是。"公公似乎听出了弦外之音，转而问："你这孩子，真不懂事。每人三十元的进园费，我总得给吃回来吧？三十元能买多少桃子？我一口咬一个也不见得能吃回来呢。你们那些人更不要说了，估计直接把钱送人家了。"公公说话的同时又摘一个，右手拿着桃子在左手掌上擦了一下，张口又要咬了，这时，一个清澈的声音飞过来："爷爷，爷爷，把你的桃子给我吃。"是廉廉的声音。走在最前头的是丈夫林华，后面跟着一群小朋友，像一条小蜈蚣，绕着桃林快速地溜过来。公公停止了动作，手停在半空中，猛然笑了："对了，让我的宝贝孙子尝尝这正宗的水蜜桃。"说着上前一步，迎着孙子，抱起来，将桃子送到孩子嘴上，孩子轻轻咬破一点皮，吮了起来，眯上大眼睛，摆出一副极其陶醉的样子说："唔，好鲜美的桃汁啊，爷爷，这是不是孙悟空在蟠桃大会吃的仙桃啊？"爷爷平时最爱陪孙子看《西游记》了，被眼前的情景感染了，大声说："对，对，就是王母娘娘的大蟠桃啊。"廉廉突然又对着底下一群睁着大眼的小伙伴说："我爷爷是最会摘桃子的人，他昨天晚上就把摘桃子的诀窍告诉我了，你们想吃好桃子，都让我爷爷摘吧。"孙子的赞美让爷爷的脸笑成了一朵粉艳艳的鲜活桃花，放下廉廉，爷爷认真地挑起了水蜜桃，让孩子们一个个都尝了遍，一下子篮子里挤满了桃子。这时，孩子们看到地上被咬了一口的诸多桃子，一个个捡了起来，放在另一个篮子里。爷爷看到了，大声阻止着，并重新把桃子扔到更远的地方，廉廉发出尖叫："爷爷，您为什么扔桃子？"爷爷说："你这孩子，真不懂事，这是吃过的桃子，已经脏了。"廉廉委屈地哭泣："这些桃子明明很干净，您为什么说它们脏了呢？"其他孩子也附和着尖叫，场面有点混乱，有些小朋友重新跑过去把桃子捡了回来。

公公正想再训孩子时，王妈妈和朱玉球及时地走了过去，王妈妈大声地表扬道："你们真是懂事的孩子，对，都捡起来，浪费可耻哦。"

公公在边上剜了朱玉球一眼，闭上嘴，不再说话。

这一幕，婆婆和丈夫，以及其他家长都看在眼里。

什么玩意儿

整个朱家堂村没有一个人比王大妈的命更苦的了，但你只要见过王大妈，见过她那张笑弯了眉毛的脸，便会知道苦难根本不算什么玩意儿。

听说王大妈年轻时是个标准的大美人，她的第一任丈夫在三十二岁时因摩托车赛车事件意外送命。那年，王大妈也才三十二岁，风华正茂，但她无心再嫁，全身心扑在公益事业上，在20世纪90年代，公益于普通百姓来说少有听闻，王大妈却做得风生水起，通过各种渠道学习了医疗急救知识，哪里有赛事哪里就有她，哪里需要志愿者，哪里又有她。有人曾问她："你不害怕那些血腥的场面吗？"王大妈坦然地回答："这算什么玩意儿。"

把生死当成什么玩意儿的王大妈在三十八岁那年的一次救护过程中，认识了朱医生——白龙镇上的市人民医院分院的骨科医生朱兴跃，于是成了朱家堂村的儿媳妇。当年结婚，次年生下女儿朱小易。亲朋好友以为她会把女儿当宝，不再管那些所谓的什么玩意儿了。但大家错了，王大妈除了正常的工作——她是一名汽车售票员，不上班的日子，她仍奋战在救护的第一线，俨然是一位饱经沧桑的医护工作者。她除了是急救第一线的志愿者，还经常带女儿去孤儿院、敬老院慰问，丈夫也经常尾随于后。一家人忙忙碌碌，生活充实，其乐融融。朱小易从小是个活泼聪明的女孩子，特别有爱心，甚至不杀生，在菜场看到活的虾、鱼之类经常哭着叫妈妈买回来后放生，慢慢地，他们家经常全天素食。然而，谁会想到，就在王大妈五十岁时，十二岁的女儿却因急性恶疾病故了，更悲惨的是，第二年，丈夫朱医生因走不出女儿离世的阴影，忧郁致死。按理说王大妈的整个世界又一次坍塌了，亲友们都不知道如何劝慰她，都想留下来陪伴她，她摇摇头，轻声地说了句："什么玩意儿，你们都回去吧，我能扛住。"大家只有回头默默地流泪，谁都相信她能扛，但谁都相信深夜的王大妈，一个人又会是怎样的凄凉，有多少女人经得起这样的重大变故？她才五十一岁，却经历了三生三世的苦难。整整一星期，王大妈没有出门，只在门口贴了张纸：请大家放心，我只想静静。

一周后，她出来了，依然去镇上带领大家跳舞，去广场带领大家打羽毛球，去参加文城市的马拉松比赛，看似安然无恙。有人说她是个了不起的女人，有人说我们都不能没有王大妈。

不久，全国各地公交车实行无人售票，单位可以没有王大妈了。恰好，王大妈也到了退休年龄。从此，她一心一意做起了志愿者，开始在全市各地义务讲解急救知识，后来扩大到全国，还被评为全国优秀志愿者，当老林支书拿着有王大妈披红挂彩照片的报纸向她竖起大拇指时，王大妈只是抿嘴一笑："什么玩意儿。"

十年后，朱家堂村部分被拆迁，王大妈家在列，六十二岁的王大妈，把拆迁房子卖了，捐给白龙镇敬老院，自己住到了敬老院。王大妈成为敬老院的一位志愿者，每天晚上带领一群老头老太跳舞、唱歌。王大妈的人生越过越精彩，名气也越来越大。哪里有困难哪里就有王大妈。有人说她的威望超越了老支书，但王大妈说自己永远是老支书的村民。

这不，2020年，老支书还没召唤，王大妈就主动率领敬老院的兄弟姐妹们，每天做包子、饺子、青团等各色手工点心，下午两点准时送到村里各卡点的值勤志愿者手上，温暖了无数人的心。这事被市里做了新闻报道，周边很多镇和村都想出钱订点心，大妈说："我们做公益，分文不要，可实在来不及做点心啊。"

王大妈的干女儿——邻居阿凤和她一起包馄饨时问："干妈，您一个普通村妇，为什么总想着无私地去帮助别人？"这次王大妈没说"什么玩意儿"，她抬起那双曾经无比美丽如今依然清澈的眼睛，思索了十秒钟："我的第一任丈夫，一生助人为乐，却在最美好的年华抛下我走了，我当初学急救知识只是想所有的赛车手不要再像他那样勇猛却保护不了自己。以后，每一次成功救护，我都似乎看到天堂的他对着我笑。后来我嫁的老朱，他是医生，你们也知道，他更善良，包括我的女儿小易，他们都像天上下凡的天使，虽然，都先于我回去了，但我相信，他们希望我好好地留在世上多做些好事善事，我要替他们好好活着，替他们做未完成的事。"阿凤听得流下了热泪，但王大妈说时只做了几次停顿，没有一滴泪，或许她的眼泪早流干了，她每天呈现给人们的依然是那张笑弯了眉毛的脸。

最后，王大妈还是说了句："不要记着苦难，它算什么玩意儿。"

如 鱼

周日清晨，朱兴康从外面拉来一个大大的塑料泡沫箱，还未进家门就敲锣打鼓地喊："快快，新鲜的鱼儿，快叫你妈出来，弄点面条和咸菜，来几碗黄鱼咸菜面。"话是冲着正在院门口刷牙的女婿说的。满嘴白泡沫的女婿像金鱼似的点点头，还没来得及回答，后面就有"咯吱咯吱"的声音传来，他知道那是岳母大人趿着那双破旧的拖鞋出来了。

"这么大的箱子啊，里面有多少鱼儿哦？"岳母说着来帮老伴一起扛泡沫箱。打开，里面净是干货。"刚到码头的船，抢的人太多了，我这一大箱才千把块钱，你说合算哦？""合算，也不合算。"岳母如是说，一边从上面拿出几条大带鱼，又从下面抽出两条大黄鱼。看了看，评价道："这鱼还真新鲜，像刚刚死的，那眼睛还活着呢。老头子，你来看，那鱼眼里面有我呢。"岳父爽朗地笑了："老太婆，你什么时候也变得这么幽默了？你把这几条本地小眼睛带鱼给小李带去，他最爱吃了。"小李就是正在刷牙的女婿。岳母说："好好，我先把这两条黄鱼给剖了，今天的早餐有点丰盛。"

这时，女儿朱巧灵与外孙女李格格也下楼了，格格看到这么多鱼兴奋得走不开了，叽叽喳喳说个不休，巧灵帮母亲洗咸菜，煎黄鱼，香气弥漫了半个朱家堂村。

格格被爸爸强行拉开去刷牙，一个劲地说："鱼儿太可怜，你们不要吃掉它们。"

一会儿，岳母端出来四大碗面，其中两大碗里有大黄鱼，另两碗只有白色浓汤加咸菜面条。然后，又回去从厨房端出来一碗泡饭和一碟红豆腐乳。完了，对着外孙女说："格格，过来吃面条，外婆把黄鱼胶找出来给你补补。"

格格反抗："我才不吃呢，你们都是坏蛋。可怜的鱼儿。"说着装出要哭的模样。

老人有点生气："还真不吃啊，那是最好的货。你妈小时候可爱吃鱼胶了。你外公自己还舍不得吃呢。"

巧灵走了过来，把鱼胶挑出来放到一碗没有鱼的面碗里，说："妈，今天的鱼胶您吃。"

"今天十五，我吃泡饭，给你爸吃吧。"

"不用，给小李吃。"朱兴康已整理好鱼，坐了下来，把那两条肥厚的鱼胶挑出来放到一碗带有大黄鱼的面碗里，一起挪到留给女婿的座位前。

巧灵把自己面前那碗有大黄鱼的面推到了父亲面前，父亲又推回来，说："我们经常吃，这么大又鲜的鱼不多，你们现在是城里人了，难得吃到，多吃点。"然后指了指脚边上的鱼箱说："这些，你们等一下都拿去，中午给格格清蒸，鱼肉保证很鲜。"格格看看外公，早餐并没吃一筷子鱼儿，却把一大碗汤面给喝了，还发出吧嗒吧嗒的声音。全家人看着她都笑了。

小家三口要赶回城里，朱兴康又从厨房里拿出几条大而亮的带鱼放进那个箱子里，顺带把一桶海蜇放到小李的车上。

小李说："爸，够了，再多放不下了。"

朱兴康说："分点给你爸妈，他们平时帮忙带格格辛苦了。"

七十周年国家大庆日，岳父母来城里做客，小李把自己父母叫上一起去边上的饭店吃饭。

孩子跳跃着陪外公外婆、爷爷奶奶往包厢走去，朱兴康对着要去点菜的小夫妻说："少点些，吃不完浪费。"小李回答："爸，您去坐着，我们会弄好的，你俩难得来一次。"

巧灵听丈夫这么说，脸上露出极其柔和的笑意，指着一条亮而厚实的大带鱼对服务员说："这条带鱼，红烧吧。"

"这么大的鱼，太浪费，来条小的。那条，那条！"不知道何时，婆婆已站在身后向服务员发出指令。巧灵转身面向丈夫，有点委屈。

小李说："妈，你们年纪大了，鱼还吃大点的好，刺少。"

婆婆答："吃的是刺？是钱！钱不会赚，花倒是很能。"

巧灵听了都快哭了，她的父母几年也就这么来一次。婆婆是知识分子，难道连这点礼节也不懂吗？

开桌了，上来的是一条至少小了一半的带鱼，小李将带鱼夹到双方父母的碗里，岳父不停地在推："给孩子吃，我们年轻大了，哪吃得了那么多。"

"什么年纪大，你们才五十多岁啊。"巧灵在心里哭泣。她不知道这餐饭是怎么吃完的，

饭后，父母就要回朱家堂村了，他们几年才进城一次。这次来主要是来感受一下城里国庆七十周年特殊的热闹气氛。

小李把两箱小京生花生送给马上要回家的岳父，他知道老人家爱在家喝几口。婆婆却小声地对格格说："你爸怎么和你妈一样爱乱花钱了，点了满满一桌菜不够，还买那么多花生随便送别人。"

格格尖叫："奶奶，他们不是别人，那是我的外公和外婆！"

已来不及阻止孩子的尖叫，还未走远的老夫妻俩一起回过头来。

如 碗

　　曾听一位长辈说，要是朱家堂村哪户人家逢年过节请客时，端上的盛菜碗盆各式各样，就足以说明该户女主人不会当家！但我纳闷，朱家堂村也有一段艰难的日子，也经历过残酷的抗日战争，经历过三年困难时期连草皮都吃的灰色时光，也有过狂风暴雨般被扫荡一清的岁月，那时候家家户户难道也都有漂亮的碗盆？但这话真的出自一位农民长辈朱兴国之口。

　　我到过这位长辈家，在他家吃饭时桌上的碗、盆、碟、勺等还真是清一色的，虽没五星级饭店那么名贵，不过看着的确干净，上档次，更有家的味道。长辈家经济殷实，女主人持家有方。当然，我说的经济殷实是长辈在改革开放后开了一家水厂，从做最简单的净水配送，到后来的家居净水器安装，听说利润一个比一个高，目前他还拥有两个净水器配件的专利制作权，设备和产品配件都有销往国外。话题扯远了，听我妈说，他家不富时，桌上、灶台也都整理得干干净净，碗筷摆放得秩序井然。我妈还说他说的话是对的，细节能看出一个人的气势，一个人的气势决定他的气度。这位长辈夫妻携手，气度非凡，自然能成就一番事业。

我本无雄心壮志，过着平庸的生活。家中的碗也是随性而买。不是买不起成套的餐具，而是喜欢用这些来自不同时期不同版本的餐具吃饭，就像我喜欢换着花样烧各式菜肴一样。

婚姻生活二十年，我细细清点了一下，发现家中的餐具达二十多种。见证了一个"煮妇"对生活的热爱与忠诚。就像我喜欢在明媚的周末，不停地洗洗晒晒，看着一堆脏衣变得干净飘逸；一条条被单散发着薰衣草的香味在阳台上飘扬，让阳光慢慢渗入，心中不觉滋生出一种新的喜悦和快乐。

那些我热爱了数年之久，用了数年之久的碗盆，有些缺了一个口子，有些出现了裂缝，有些还真的像过时的衣裳变得陈旧。有时，我会下决心处理一些，凡是有伤的一律弃之，但马上又会补充一些，包括日式的，欧式的。儿子会问："妈妈，你什么时候变得那么狠心了？"不是妈妈狠心，该扔的必须扔，旧的不去新的不来。要是过去，这碗破了，是能修补的。小时候，我们家门口经常有修锅补铜钉碗的艺人经过，那手艺堪称国粹。我想，其他国家的人民都不可能有这种精湛的技艺，只有咱们古老中国的能工巧匠能把破碎的碗盆重新复原，而且那黑线补丁边上可以再涂上彩绘，使旧碗重新焕发出鲜艳的生命。这门手艺现在差不多已经失传了。就像前几天我们在邻县参观一幢老房子，马头墙上有大大的裂痕，当时有同行者问：为什么不修补一下？现在不是都要保护文物吗？从老房子里陈列的事迹来看，那个古村的历史远比朱家堂村来得厚重。其实，不用看那些古代名人的简介，只看它的山堰，脚下的每一块青石板应该都是"原创"——唐代的真品。我们行走在历史中！在历史中追寻什么，我说不出所以然，可能是文化知识不够，但我知道历史的一切难以复制，就像那些失传的手艺与逝去的巧匠，难以再现。用不了百年，那些精雕细琢迂回连接在一起的老房子也会消失的。到时，哪怕机器智能化程度再高也无法仿造，与林徽因当年痛斥吴晗同理。这样重重叠叠、气宇轩昂的木结构房子只能是历史的残影。因为纵然再美，还有几个现代人还住在木厢房里？或许北京城的四合院依然有人抢着住，但这边是古村落，再好的老房子都因无人居住而正在败落或消失。朱家堂村只是一个例外。所以，我不知道如何精准回答孩子的这个提问，因为他让我想到的太多太多：旧碗我们到底能不能弃？如果不弃还能不能补？不能！但我心里其实想补，但到哪里去补？再也找不到可以补碗的地方！反之，在扔掉那些旧碗的瞬间，发现自己的内心却又是轻松的，就像扔一堆旧衣服，都会产生一种轻松和愉悦之感。这种矛盾的心理说不清道不明。

时代进步是神速的。旧物再好，也常遭人弃。或许这便是自然发展的规律。何年何月，当人们再想要找回时，估计连路口都寻不着。

犹如这些过旧的破碗，最终，我毫无留恋地处理了它们。有些直接扔进垃圾桶（女儿提醒说，这是不是有害垃圾，别放错了地方），有些放于工厂食堂继续使用。把二十多个品种和规格进行了大幅度的调整，重新添置了整套进口的碗盆，时尚漂亮，似乎还显高贵。我不知道这是进步的表现还是退步的开始，是我在追求奢侈的生活品质，而不能回到过去简单的生活了吗？

或许，我只是终于成了朱家堂村出来的一个会当家的女人！

如　病

　　这是今年，我第一次动笔。不动笔的原因，往往自我归结在一个"忙"字上，尤其最近理所当然地归结于"小恙"，而越发使得自己懒惰。

　　每天躺在病床上纠结于一些无聊而又无果的想象，痛苦不堪，这比生病本身更让人精神萎靡。幸好，沉迷归沉迷，我总算每天坚持拿一本杂志或书在床案，显得与邻床的几位年轻姑娘不同些。

　　在住院的六天中，遇见了三位姑娘。

　　我刚进去时，病房最外的那张床上躺着一位姑娘，非常年轻，当时她正在认真地看手机，彼此未打招呼。我下午的输液于四点多才结束，护士小姐姐说："晚上八点还有两瓶。"我轻轻地"嗯"了一声，预备起床先回家，毕竟家中还有孩子等着我。这时，一直埋首看手机的姑娘抬起头来，微笑着对我说："这么冷，你还要回家啊？"我轻声地答复她："是的，家里还有小孩呢。"顺带又问："你是什么原因住院啊？"

她那俏皮的眼睛很亮也毫无羞涩地回答我："人流，无痛人流。"我停了一会儿，手上正在穿鞋袜，又问："那为什么不生下来？"她笑了，笑得天真无邪："我自己还是小孩呢，怎么能生小孩啊。""哦？""我才十九岁。"经她这么一说，再认真审视她的容颜，真的，她怎么也不像一个成年人，我的内心一阵疼痛，心里默念了一声"南无阿弥陀佛"。我又轻轻地说："你哪里人，老家在哪？"她答："湖南的，在白龙镇私人企业打工。"我心里一惊，那不是我的老家嘛。但嘴上说："你下次要注意了，千万做好安全措施，以后还要当母亲的。"她又天真地笑笑对我点了点头，我不知道她听懂没有。晚上八点我去病房时，她也回白龙镇去了。第二天早上她比我来得迟，可能是路远吧，当时我已在挂点滴了，她一进门就对着我说："下午的手术，听说是全麻，我好害怕。"其实，对于麻醉，我也一直很怕，于是小心地问："男朋友不来陪你吗？"这时，她的眼睛垂下，往地上看了看，答："他要上班，倒班工人，走不开。"很快，她又仰起头来笑呵呵地对我说："没关系，我的女朋友会来陪我的。"真的，不久，一位如她一般年轻的小姑娘拿着满满一袋零食进来了，一件件地把零食堆放在病床上让她自己挑着吃。病号姑娘拿起一瓶矿泉水就喝，我立即阻止道："不要喝冷水，我的床边有热开水，还有一次性杯子，你随便用。"她朝我温和地笑笑，不客气起来。我也朝着她笑，我知道，年轻，很好；年轻，也很美。或许下午的疼痛后，她很快会忘却暂时的痛，重新燃起快乐和希望！而经历太多沧桑的人常常在受挫后久久压抑，不能振作。

　　下午，手术后她出来时，当然也只有这个女朋友陪着，从手术床到病房的床，没人抱，她只好在朋友的帮助下自己爬到床上，我正挂着点滴，无能为力。这时我的左手边病床也来了一个年轻的姑娘，已二十七岁，是一个两周岁孩子的母亲，在接下来的五天中，她一直有年轻的丈夫陪伴左右，虽然，彼此间也很少交流，人手捧着一个手机玩，但终究不离不弃。

　　姑娘一躺回病床就告诉我："打麻醉的针很粗的，痛啊。"我说："那肯定痛的，你现在还好吧?"她答："腹部痛!""你最好喝点热的红糖茶，可以排污血。"她茫然地看着我："这样啊?"后来她就轻声地与边上的朋友说话了，但隐约地，我听出来了，她好像没钱了，又不好意思向妈妈去要，又似乎已经向妈妈要钱了。我也不好意思问，我想，她的妈妈肯定也还年轻，不知道妈妈是否知道女儿正在流产，不知道妈妈是否曾经教育过女儿，要自尊自爱，女人唯有先学会自我珍惜，才会在往后的岁月中获得真正的幸福。如果用每一次血的疼痛才换来下次的醒悟，对于一个女人真的够残忍。从一个小姑娘，蜕变成一个小女人，始终有人爱有人疼，那么或许流点血也会止住，终究是为所爱的人付出，爱情本是高尚的。如果中间只是一种无畏的草率的付出，那是一种什么样的伤害，深入骨髓吧。当然，或许，有些女孩也并非有这样的痛苦，我多虑了。如身边有不少"资深女人"，用女人特有的方式取悦着自己也取悦着男人，并且，以此得到所谓物资与精神的双重快乐。我不敢苟同，但依然深深地期望：女人们，别轻易放纵自己，当你随意躺下时，男人的心里真会敬重你？

输完液快下午五点了，我又要回家了，知道小姑娘第二天一早便可出院，临出门时，我对她说："你少看手机吧，休息几天，我床上的杂志你可以拿去看。"她平躺在床上，还是很美的，依然对着我笑得非常绚丽："谢谢，你也要当心点哦。"我们就这样一笑而别，或许在这个世界上再也不会相逢，哪怕再相逢时或许彼此早就忘却。

次日早上，回病房时，我床边的杂志未动。小姑娘的病床上，已换成了一个更漂亮且带点妩媚的川妹子。川妹子大专三年级，正在附近实习，她的男朋友应该也是大学生吧，一直让她依偎着。这些，都是她一边依偎着爱人，一边主动又愉快地告诉我的。那天，我的好友也一直陪我，等这对恋人出去吃中饭时，好友感慨道："爱情的力量不一般呐。"是啊，我们也年轻过，或许我们是在羡慕他们的年轻，羡慕他们年轻而又开放的爱情，为爱彼此真诚地付出，无怨无悔地享受，哪怕痛，这个过程都是无比美好的。我们所处的学生时代，哪怕一见钟情，哪怕彼此有好感，哪怕心里天天思念，有几个会大胆地去示爱，去彼此依偎和取暖呢？很多东西，在最美的那个时刻，错过了，就永远不再来。

待我出院时，恋爱中的姑娘也出院了。其实，我见到她最少，虽说她也是来做人工流产的，但没有任何一丝痛苦，哪怕手术前，也不见丁点儿紧张。心中被爱满满填饱的人，是没时间去痛苦的吧。

左手边病床的年轻妈妈，在我出院的那天又补了一次清宫，略显痛苦和疲惫。我见她有点面熟，就主动问了她在哪里工作。她说小夫妻随公婆在朱村家边上承包了很多田地，种植瓜果蔬菜。怪不得，原来我们村口大树下取代朱二爷自行车铺位置的那个水果铺就是他俩摆的。但那天，她丈夫过来后，一进门就用我听不懂的方言和她吵了一架，男的很凶，全然不顾妻子手术后的痛苦。吵完了，男的躺到病床上，女的却让出位置坐在病床边的凳子上。我有点看不明白，虽说丈夫天天陪着妻子，为什么也只在乎眼前的手机，而不珍惜眼前的人呢？这几天连续吵架，却也总是女方先沉默。我不知道他们这个短时爆发的吵架为何因，但我想这个女子比男人要大气，男人却又为什么不能做出一个男人的样子来呢？窝里横？对一个正在为你打胎的妻子开骂，于心何忍？或许，很多相爱的人在婚姻的琐碎中忘却了曾经的誓言；或许爱早已褪色。但，哪怕不爱，也不要随便当众羞辱一个爱你的女人，这是一个男人应有的气度。

出院时，我把最后一本看完的杂志留给左手邻床上的年轻妈妈，她幽幽地回复我："你也要保重哦。"

如 饭

2010 年 10 月 10 日，朱春邀请十年前的老同事们吃了一餐农家乐。回到办公室，同事史玲香就问她："朱科长，你花了多少钱？"朱春爽快地回答："一千三百元。"

史玲香吐出了舌头，装了个鬼脸："你真大方啊，这么多钱我们全家可以吃整整两个月哦。"

朱春笑道："你家真节俭。"

史玲香说："那必须的，不是说会赚还不如会省吗？我就是靠节俭持家的。"

朱春："你说的也有道理，怪不得你手上有了两套房，我只有一套。"

史玲香骄傲地抬起了头："那是，不节俭的话，估计我还住在结婚时的那套破婚房里。"

朱春："你结婚时我去过的，那房子不全新的吗？也就你舍得把才住了五年的婚房给卖了。"

突然，对方压低了声音说："你不知道，那婚房写着我婆婆的名字，卖了它，现在新买的那套只写我一个人的名字，这叫房产优质置换。"说完，嘿嘿嘿地笑了。

朱春也跟着笑，脊背却有点发凉。

一晃又十年。2020年双十节，朱春再次邀请同事聚首，二十年前的同事和十年前的同事分两次聚。

那天中餐她先请二十年前的火力发电厂的同事们。朱春毕业于1990年，她从倒班技术岗位干起，做到生产技术部经理，是全厂唯一的女性中层。2001年她放弃国企高薪，考入城管当一名公务员，五年后成为一名科长，又五年后成为局长，再十年，就成了现在的市委组织部第一副部长。

十年前那次欢聚，工厂的同事们来了满满一桌十二个人，这次只来了九个人，仍安排在朱春堂弟开的农家乐。2008年，她们曾经共同奋斗过的火力发电厂因环保政策关闭了。当初的十二个人里面最年轻的张技术员去杭州创业了，已小有成就，经常在微信群里喊大家去杭州找他；原来的仓库保管员王阿姨退休了，在北京帮女儿带孩子；原办公室胡主任到民营企业继续做高管，在出差途中赶不回来。如今在座的九个人中，也有五人已退休，余下的四人将要退休。原党群办的小陈二次就业成了一名社工；原材料部的王经理在侄子公司负责材料采购；顾会计在一家私企做了财务总监；还有办公室最漂亮的钱姐自己开了个服装店，生意兴隆。朱春举杯感谢老同事们给她面子，再次相聚，重温往事。同事们却个个感叹，二十年前，只有她勇敢地跳出国企，这一路，平步青云，官运亨通，难能可贵的是她从来没有忘记过青春岁月中那些与她一起走过的年轻人，一起奋斗过的同事。每当同事里谁有什么困难了，她从未推却过，能帮则帮。虽说如今的朱春有了相当的社会地位，但大家没有任何嫌隙，大领导请同事们吃饭，大家感到十二分的荣幸。当朱春在饭桌上无意间说了一句："最近妈妈身体有点小恙，住院了。"五个刚退休的老同事争相说："老妈有什么事尽管吩咐，我们来陪护，你好好去为人民服务。"说得在座的都哈哈大笑。这种默契，不是一朝一夕能养成的，朱春的同事史玲香能了解吗？

晚上的聚会，当然包括了史玲香，是八个城管局的老同事，只有史玲香与朱春原在同一科室。十年过去了，史玲香仍是个副主任科员，其他人最低的职务是科长，也有副处级和处长级的，她们与朱春干杯，说了一句最动人的话："他们见过许多善良的人，但没见过像朱春这样善良而又温暖的人。"举杯的同事也都露出了温暖的笑容，唯有史玲香，眼睛里有一丝落寞，被朱春捕捉到了。

饭后，朱春结账时，史玲香就在边上站着，没走开的意思。等大家散尽了，她仍没有走。

朱春看出来了，她还有什么话未说出口，故意轻松地问："你是不是想问我今天这餐饭吃了多少钱？两千三百元，比十年前的多了一点。"

史玲香说："今晚的两千三百元让我来付吧。"

朱春愣了一下，没搭话，拍拍她的肩膀，说："走。"

突然，玲香停住了，哭了起来："朱部长，我错了，我真错了，你一定要帮帮我，其实，我真的不想离婚。我不要那么多房子。"

朱春把她拉到自己的车上，安慰道："不要着急，慢慢说。"

于是，玲香把家里这些年来夫妻间为了财产经常吵架的事都一一道来，现在已弄到打官司要离婚的地步，还是为了那几套房子。

朱春对玲香说了一句："我们人与人之间都不应该是金钱关系，家更不是用金钱能换来的，得用情字。只要你对老顾还有真感情，我约见他一下，但愿他还会念我这个老科长的情面，给你一个悔改的机会。"

听到这儿，史玲香早已泪流满面。

如　花

　　刚出楼梯口，有人叫我的名字，声音有点沙哑但很有力量，有点熟悉。抬头一看，眼前的人虽然戴着口罩，但我还是马上认出了他，高中班主任顾老师。

　　"啊，顾老师。"与老师很久不见，我有点惊讶。

　　"最近忙啥？很久没看到你的新作了。"老师问。

　　"下基层，加班加点多，所以也没写什么，自然，您就看不到了。"我如是答。

　　"我以为人家流行公众号，你也写公众号去了，不在报纸上发表了。"

　　"公众号倒是有一个，很少更新。"其实，老师谈到公众号，我马上想起了刚刚过世的同学朱樱。我最新一篇公众号文写的就是祭奠朱樱。眼前的班主任不是别人，正是朱樱当年的初恋，或许她也是顾老师的初恋吧。顾老师应该知道她的突然过世，当时，我把公众号推到班级群，同学们都表达了哀思之情。顾老师作为班主任也在群里，或许老师忙于工作，无暇顾及诸多学生群。而我，在得知朱樱过世的第一时间写了文章悼念她。因为我们从小学到高中都是同学，都来自朱家堂村，曾是闺蜜级同学，但在参加完彼此的结婚典礼后，各顾各的生活与事业了，偶尔有要事才来个电话商量。

高一、高二时，朱樱与顾老师的恋情属于地下活动阶段，到了高三，已然公开化，全校都沸沸扬扬的。我们是顾老师的首届学生，他只长了我们四五岁吧。在那个并不讲究颜值的年代，我想，顾老师的俊秀和才气，同样是许多女生暗恋的对象。而朱樱亦身材高挑，皮肤白嫩，鼻梁上还有一颗美人痣（在她死后我查阅了关于美人痣的说法，其实，这颗痣于她而言并非好事），成绩很不错，算班花级的人物。只是她寡言了些，寡言的她却与全校最帅气且高冷的班主任恋上了，同学们都很好奇，唯有我知晓全部内情。可惜，那场全班同学都看好的恋情在高考结束后凋零了。"情"为何物？世间最难懂的字！

十周年同学会时，顾老师来了，朱樱没来，似乎所有的同学都期待她出现，于是我打电话去问她，她说女儿尚幼走不开。前年，再次召开毕业二十五周年同学会，顾老师和朱樱都没来。有同学听说朱樱离婚了，调去外地分公司了。离婚这么大的事她从没与我说过，虽说这些年联系甚少，但每逢大事要事她还是会来个电话与我商量的，比如去读博士，投资买房。当然，她与这个男人结婚时，也没说起过，待我知晓时收到的是参加婚礼的请柬。但我却知道她与顾老师恋爱的每一个重要细节。在我们刚参加工作的前几年，每次聊天，她还会忧伤地谈起那段恋情，我曾劝过她，如果心里真放不下，回去找顾老师吧。她淡淡地说回不去了。后来，她又轻描淡写地说姐姐朱春给介绍了一个公务员，至于那公务员什么个性，什么模样，一字未提，我只在婚礼上见过她的新郎，直至她的过世，几乎没再听她提过丈夫的任何事情。后来隐约听她的亲戚说起，丈夫当了大领导，夫妻关系不和谐。当听到她离婚的消息时我心里倒感觉那是她的重生。那天晚上，我给她挂了个长途电话，她好像根本不想与我提及婚姻状况，还是我主动问她："最阴暗的日子是不是已过去？"电话那端她笑了，我甚至能看到她那苦楚的神情，回："或许是一种解脱吧，终究还是要一个人走的。"我清清楚楚记得她说那句话时的语气，一语成谶。

"去我办公室坐坐？"顾老师直视着我邀请道，我心里似乎有另一种恻隐之心，爽快地答："好啊！您调市局后我还没来拜访过呢。"于是，就跟着他往右走向教育局。

顾老师已升任教育局局长，我这个昔日的学生，与他同一个大院，就在隔壁楼当小科长。局长的办公室是独立的朝南间，春天无关病毒，依然是那样的迷人。老师窗口正对着一棵粉色的樱花树，正幽香艳丽地绽放着。樱花花期虽短，但象征着纯洁、高尚，我不禁脱口而出："当年，我们教室门口也有这样一棵粉嘟嘟的樱花，落花优美，朱樱总喜欢站在树底下去接那飘零的花瓣。"突然，我意识到了什么，止语已来不及，我看到，老师正在为我倒茶的手突然抖动了一下，水倾倒在外面。虽然他的眼睛一直看着茶杯，在认真地倒茶，可杯子里的水早就溢满，老师并没有停止倒水的动作，依然在持续，我站起来，从他手里拿过水壶。

他终于抬起了头，眼里似有一层薄雾，神色无比悲凉。

我不知道是怎么走出老师的办公室，请他留步，但他执意要送我到电梯口，其实，我本想去左边的审计局办事。

在电梯关闭的刹那间，老师说："我关注了你的公众号。"

如　访

我决定在黄昏时，也即太阳刚下山，天还未黑之前，悠游漫步，以散步的名义顺道去看她。

她，不是别人，她是我的邻居、我的老师，更是我后来的顶头上司，朱晓莲校长。

我能想象她给我开门时的情景，她必定会说："这个时间，你来干吗？来我家蹭饭吗？"而我则会"嘿嘿嘿"地笑上三声，然后把早已准备好的几个苹果递给她。我知道她最喜欢吃的就是苹果。以前，我任校办主任时，就见她常常在办公桌后放几个苹果，中餐前她会啃一个苹果。偶尔，我进去时，她会来不及放下口中的苹果，略显尴尬地问我："要不要来一个？"当这句话第一次出自她口中时，我有点怀疑自己的耳朵，因为她在我们所有人面前，甚至包括来访的客人面前，永远都是那么严肃，不苟言笑。后来，每天中餐前，我会提前把苹果削好，切成片拿到她办公室。每逢佳节，我都会在节后的第一时间，利用手中的"权力"——我有她办公室的锁匙，提前打开她办公室的门，在她平时摆放苹果的位置，放上一箱最好的阿克苏冰糖心。她从来不问这是谁送的。但我能从她"轻视"我的眼光中得到回答，虽然，她对这一细节视为空气，但她这"轻视"的一眼与平时惯用的"轻视"还是不同的，不能言传，只能意会。

其实，她一直视为空气的何止我，还有我的所有同事，包含那几个副校长。但无论她对我们有多么的"轻视"，单位里每一个人都爱用笑脸一而再，再而三地去"奉承"她。说实在的，我的个性属于另类，要不是坐在校办主任这个位置上，我是决不愿意去搭理她的，人与人平等，更何况咱们都是女人，女人更应该关照女人嘛。

可偏偏她这个女人是文城市白龙中学的校长，偌大市众多学校，不要说那些校长，连上级领导都要看她的脸色。因为她所在的学校，为文城市培养了大批人才，每年进清华北大的就有数十个。在外人眼里，她的地位还是显赫的，远超过我们市里的顾局长，顾局长原先也是白龙中学的一名教师。可在我眼里，她一点不显赫，就像多年前，我曾是这所学校的学生，早就能预料她今天的模样，有什么可显赫的？而且我还知道，她只是一个普通妇人。回到家庭，可能还不如我呢。她家与我家仅一墙之隔，她的底细我全知道。所以，在我看来，她的"轻视"毫无意义，空洞无比。因为谁能离开家？不能！工作再优秀，终究有一天要离开岗位。八小时后，必须回家，无论你有个什么样的家，人人都有一个家。无论你当校领导多久，无论工作中有多少领导来奉承你，或许她是在位时间太久了，三十多年，她一直在教育系统，一路走来，虽亦艰辛，却是步步高升。她视学校为家早已忘却了自己也会有退休的那一天。

她是于三年前退休的。刚退休第一个月，听说还有个别下属或者说同级别的人去慰问她。一个月后，除了学生们的电话，同事和领导基本把她忘了。

听熟识的人说，她退休后什么也不会，依然每天看报学习世界新闻、中国大事，关注高考动向。半年前她晋升做了外婆，却不会给孩子换纸尿布。出门去超市，不知道如何付钱，现在超市可以自己扫码微信支付。哈，她哪有这种经验啊，在职时购物这种小事儿都是我给她搞定的。她压根儿不会，她更不会使用先进的武器——微信支付或支付宝。哎，我扳指数数，她要学的实在不少，那可是比在职在岗时累，毕竟现在上了年纪，岁月不饶人哪。

言归正传，我是在她退休五个月后给她挂电话的。

电话接通了，我先开口："朱校，您好！"

"哦，你好！你还记得我啊？"

她居然回复我"你好"，有点出乎意外，毕竟我是她的下属，以前是，现在也是，永远都是。

"您在家吗，我今天刚好在老家看姑姑，顺道过来看看您。"

她知道我姑家与她家同一排农村别墅，离得近。我姑与她同龄，五十五岁便退休了，一直带孙子，现在孙子上幼儿园了。空闲时就约上几个同伴去全国各地游几天，听说攻略都自己做的。

当我走近时，她居然在门口迎接我。我向她狡黠地一笑，把手上的一提苹果向她"显摆"了一下。算是回复她当年对我的所有"轻视"。她狠狠地拍了一下我的右肩，说："我以为，你也把我忘了呢！"当时，我也只是"嘿嘿嘿"地笑。说实在的，当她拍我这一下时，我的心轻松了，我看到了她本来的面目，看到了她这么多年来当名校校长时所有高高在上的假面具终于如数卸下！其实，我是全校最早认识她的人，只有我知道她有多么热爱教育事业。

在后来多次的探望中，有一次，她向我透露，女儿曾经批评她："妈，您能不能把学校的那套改一改？已经退休了，把全部精神放到家中来？"为了女儿这句话，她真的一个晚上没有入睡。怪不得女婿看见她像老鼠见猫，能避则避。教师们来看她，没说上两句话，都不知道接下去说什么好了。似乎都没有共同语言，似乎面前都有一条鸿沟，似乎她仍在位，怕她敬她，似乎她不在位了大家都不用再按着她的思路继续往下附和。于是，凡是来拜访过她的人，此后不再来。这几年，我是唯一经常出入她家的人。用她的话说，我是她家的"贵客、稀客"。要知道，一般人是不敢登她家那扇"富贵之门"的，包括我。如今，我却她被称为"贵客"多次"造访"，或许因为我已离开了教育系统。

我儿子问我："妈，你这么爱去朱校长家，不怕被你的老领导嫌弃？"我"嘿嘿嘿"地一笑，告诉他："你不知道，我要是有一段时间不去看老校长啊，她会闷的，她已经学会用微信来试探我，问我最近在忙什么。潜台词是，如果不忙的话，应该陪她去唠一下了。"儿子又问："她家没人陪她唠吗？为什么找你？"我说："不知道，可能我唠得好吧。"儿子瞟了我一眼，说："臭美。"我说："真的。你不信我也没办法。"过了一会儿，我反问儿子："你不也挺喜欢与我唠的吗？为什么？我又不是我家最美的那个。"儿子笑了："倒也是，妈，你这人挺有亲和力的，让人感觉挺舒服，不做作，能讲真话，哪怕讲错了也没关系。"我拍了一下自己的大腿叫道："对啊，我们老校长其实早就看中我这一点了。所以，当年，我不奉承她，她也没把我从校办主任那个位置上撤下来。"儿子又问："你不说经常拿苹果贿赂她吗？"我哈哈大笑："那算什么贿赂？有时她把钱给我的，一大把，我都收了。是不是她在反贿我？"儿子说："嗯，你与你那个老校长挺般配的，校办主任居然敢多拿校长的钱，而且是那么个牛学校的校长。"

　　就那个问题，我打算就在今天黄昏去问问她："你为什么要给我一大把钱？苹果并不贵啊，就不怕我贪？"当然，我已记不清，当年究竟有没有贪她的苹果钱。

如　旅

前几年，我曾带着孩子们去四川旅行。当时问四川的同学，走哪条线。他为我指点了先去绵阳，再去成都的路线。一路的行程都给我们安排好了，但我是有意避开汶川这个点的。

我不是四川人，但我是中国人！我无法忘记十年前那个特殊的 5 月，举国悲恸！我与家人天天坐在电视机前收看来自汶川的一线报道，全家个个流泪满面。我曾第一时间跑到银行向慈善机构捐了款，在单位捐款时，我没捐，有人居然还向领导"揭发"了我。当领导看着我拿出的汇款单时默默地竖起了大拇指。

今天，我回避汶川，只因为我深深地知道，当年我虽然没经历地震灾难，但电视上那些震惊人心、血肉模糊的景象会在我的脑海里再一次浮现，我的心无法承受地震遗址现场的一切。曾在朋友圈里看到有人晒图，那是用手指做出"胜利"姿式"骄傲"地在地震遗址前拍照，我不知道那个摆出胜利姿式微笑的朋友是在骄傲全国人民重建了汶川，还是骄傲她终于来到了汶川大地震遗址现场。如果我到达现场，无疑，也会拍照，但一定会认真地看看每一块破碎的石头，每一面倒塌的墙垣，每一株受伤的小草。我会想起当年有多少个幸运者被挖出来，有多少生命在那一瞬间消逝，还有多少生命至今埋在眼前的乱石堆下。我的心会痛，很痛很痛，而且会再一次止不住的哭泣。

因是自由行，经当地友人推荐，我们临时决定去毕棚沟景点。一上车，导游便告诉我们，车将经过映秀镇和汶川县城，到时他会提醒我们。我的心一下子就沉重起来。震后，这是我第一次来四川，本想避开，却终究还是避不开。

天气晴朗，阳光普照大地，车在高速上飞驰，沿路的风景还是不错的。快到达映秀镇时，天却暗下来，不久下起了蒙蒙细雨，青山上突然出现三个火红的字——"映秀镇"，格外醒目，我的眼泪刹那间止不住的狂泻而下。导游说，那是中央领导在震后特别书写的。我想那是党和国家对震后映秀镇的鼓励吧。今天的映秀已经浴火重生，走向更加美好的明天，但那个建在小学上的遗址下仍有九个小朋友没有被挖出来。导游向我们详细诉说着他那天刚好带着一个团队在这一带时的情景，从地震事发，直到次日凌晨两点才到家，他把客人们一个个送到安置点，一路上见到无数被撕裂的景象，很多游客边走边哭边不停地把身上的钱物一路捐过去，但他阻止了游客的停留与悲悯，他的责任是确保三十九个游客平安回到成都。路上，他都没流一滴泪，回到家时，看到母亲一直红肿着双眼坐在门口等着他归来，瞬间，抱住他的老母亲号啕大哭，不知道哭了多久，才在妻子的劝说下沉沉睡去。第二天下午醒来，又不顾老母亲的极力反对，马上加入四川导游协会志愿者组织，深入地震现场去救人了。

我没有亲历过地震，但当年一直看新闻直播；看过《唐山大地震》；看过余华的书《活着》，后来看了阿来的《云中记》。（阿来的《云中记》写得非常大气、通透，没有描写太多痛苦不堪的场面，却写出生者如何经历死亡，如何在死亡经验上重新拥抱生活，又如何面对眼前即将消失的村庄及地域文化，以此深深地祭奠逝者。小说的叙述不露声色，却有内在的讲究，一些朴素的细节描写常常令读者一下子泪流满面。此书阅读后，我大力向身边亲友推荐。）从此，每年的5月12日下午2点28分，中华大地每一角落都会拉响警报，每一个中国人记住了汶川大地震这个灾难日，也是一个感恩的日子。那晚，我们住在汶川县隔壁的阿坝藏族羌族自治州，那里的山上依然有当年地震的痕迹，山体间许多石头是横裂着的，树木长得并不如我们南方这么葱郁，伤疤依然还在，听说余震一直持续了三年，想想都可怕。如今，经过全国人民空前的援助，受灾各地都得到了重生。比如，汶川县是由广东省援建的，我们浙江省参加了广元市青川县的重建。其中，我们的一次就餐点便在汶川边上。饭后大家随意地在周边走，边上都是很有民族风味的民宿和饭店。我见老板娘在拖地，便问她："你们今天开的饭店和民宿房子是震后重建的吗？"老板娘与我差不多的年纪，四十刚出头吧，她轻轻地说："是的，当时哪里还会有这么好的房子存在啊，全震坏了。这个新房是政府造的，你看这石头，都是防震的，听说这房子能抗八级以上地震呢。"我又问："这么大的房子，你们需要出钱吗？"她答："出钱的，一千元一平方米，也是合算的。""这房子造得那么坚固和漂亮，你们现在的生意好吗？""生意还好。你不知道，地震时很多人死了，伤心哪，但也有很多人因为地震发财了。唉……"说完，她就拿着拖把往外走了，脸上有一种说不出来的伤感。边上，她五六岁的小儿子已经与我们几个游客的孩子玩成了一片，这些孩子对于十年前的地震都是无知的。我也住口了，往村子里逛去。

我仔细地看着过往的每一个村民，每一家小商铺主人的面容，他们大多数是汉族人，说一口地道的川北话，对我们的询问有问必答，但不会主动向我们推销任何土特产和衣服。于是，我想，这里虽属川西北山地，但人民的生活水准已普遍提升，大家能平和地生活着，扎根在自己家乡的土地上，心便是安宁的，现世已安稳，有些无法磨灭的记忆就该留脑海深处。于是，我亦能坦然地看待周遭的一切了，不再当自己是一个来自沿海发达城市的"救世主"，因为我们本是一家人，彼此平等，哪怕灾难发生时，我们的伤心都是一样的。如今，灾难已远去，向前看吧，一直向前！

一个单身女人的故事

　　她曾经是村里最美丽的姑娘，现在是村里最老的单身女人。

　　她不是别人，正是朱三爷家的二女儿，叫朱美丽，前几天刚过完六十岁生日。

　　六十大寿生日是朱美丽的外甥女，也就是她的双胞胎姐姐的女儿郑秀给她和姐姐一起过的。按理说双胞胎应该长得十二分像，她俩却没有。年轻时的朱美丽比姐姐朱佳丽清秀许多，甚至多了几分文气，只是姐姐后来考入医学院成为一名白衣天使，而朱美丽一辈子是农民，现在依然在朱家堂村。

　　遥想当年，朱美丽是白龙镇里最有名的一朵花儿，四邻八方的人都来朱家堂村提亲，她相亲无数，绝不亚于现在的年轻人。虽说仅是一个地道的农民，但因长得有姿色，也有不少工人，甚至干部上门提亲，却没一个被她相中。原因诸多，她嫌人家有的长得太矮，有的长得太胖，有的太高，有的太瘦，有的家境太差，有的名声不好，甚至有的因兄弟姐妹中一个不务正业，就被朱美丽拒绝了。还有一位省城来的大龄青年，当时朱美丽也三十有二了，见了三次面后，她说对方有时看上去好像走路不正，朱三爷他们看了半天说："走路笔挺的啊。"可朱美丽说她总觉得对方身上有什么地方不对，还是吹了。

在20世纪80年代，一个年过三十的农村女人的境遇可想而知，哪怕她是整个白龙镇最美丽的白天鹅。最后，整个白龙镇的人都知道朱家堂村的朱美丽不想找男人，哪怕有人再拐弯抹角来咨询来相亲，左邻右舍也会提醒对方"不要自讨没趣"。因为在村民眼里，她朱美丽其实不想食人间烟火。她的妈妈也因女儿一直无法出嫁，活活郁闷而死。妈妈过世那年，朱美丽年方三十五。

农村分田到户后，家中兄弟姐妹其余六个陆续成家立业，朱美丽与老父亲相依为命。不久，村庄附近私营企业如雨后春笋般不停冒出来。朱美丽干过袜厂缝罗口的织工，做过服装厂的拷边工，送过食品厂的蛋糕和饼干，当过五金厂的计件工，最后在堂兄弟塑料厂做了一名拉丝工、保管员，一直到五十五岁时退休。一般企业工人都五十岁退休，朱美丽因单身五十岁后退而不休，拿着双倍的工资，物质生活还是相当滋润的。可能因为没有结婚之故，她的身体没有中老年妇女的肥胖，而是干瘪的，没有一丝水分，走在路上就像一扇移动的薄薄门板。有一次厂里搞春游活动，走一线天，人家都怕走不过，唯有她不担心，一个侧身，轻如飞燕穿身而过。正因为瘦，她显得比同龄人老了几分，可能骨质流失较严重，背也有点驼下来，便显得有些老态龙钟。同胞姐姐看着心疼，作为医生她比一般人懂营养学，经常在微信里转很多养生信息让朱美丽学习。但微信这东西，朱美丽也是学了几年才勉强会看会听，至今不会转发朋友圈，用外甥女的话说，阿姨年纪倒不大，却像个上世纪的老人。的确，她来自20世纪60年代，但真的不该这么老。

五十五岁那年，她数了数存折，积了一辈子的钱也仅仅三十万元。朱家堂村因美丽新农村建设，原拆原造，她和父亲的那套老房子也被拆了，因单独成户，朱美丽一下子得到了70万元现金，成了百万富翁。她想着自己单身，以后还是去敬老院吧。

而老父亲选择了新造的别墅小洋房。当然，朱美丽为了照顾老父亲，仍住在朱家堂村。这是后话。用她兄弟的话说，谁愿意离开这么美丽的朱家堂村呢，朱美丽更不会。

是的，不光朱美丽不肯离开朱家堂村，才四十岁的外甥女郑秀，五年前把花店开到了朱家堂村边上。郑秀毕业于园林专业，原先在文城市绿化办工作，不过干了几年便辞职，开了家花店，兼婚庆宴会设计。十年过去，开出了六家连锁店，生意越来越兴隆。朱美丽在五十五岁那年成功地从一名退休的农民工转变为一名看花铺的二老板。之所以称她为二老板是因为后台老板是她的外甥女，朱美丽纯属打工者，但她会一套精湛的编织手艺。至今，她用的杯子上的套子，都是亲手编织的。以前是用五颜六色的玻璃绳编织，后来是用毛线绳，现在用的是各种漂亮的麻绳、棉绳，自产的，进口的，品种齐全。艺术总是相通的，朱美丽很快学会了包扎花束，重要的是她的插花水平不亚于专业的郑秀，婚庆宴席场上的花儿摆放造型设计很多由朱美丽布置。郑秀回去对妈妈说："怪不得阿姨当年看不上那么多男人，原来她的审美是上天赋予的，按她的眼光怎么可能看上那些农民或普通的工人呢，阿姨投错了胎，不该耽误在农村。"朱佳丽说，当年，她自己不好好学习，人，还得靠自己改变命运。

自从加入了花铺，朱美丽变得越来越年轻，越来越美丽了，甚至她的背也直了许多，走路昂首挺胸的，郑秀在阿姨生日那天特意为她买了一个白色的马克杯。她相信，阿姨会编织出最美丽的图案装扮这个马克杯。

在2020年，最艰难的时刻，朱美丽和外甥女一起，给全镇那些守护村庄的志愿者送去了六百束花儿和六十个漂亮的编有美丽图案的马克杯。

六十岁的朱美丽相信，新的欢乐即将到来。

境　界

　　一个看不见的太阳正在落山，黎哥行色匆匆地走进万籁俱寂的村庄，他拉了拉黑色的鸭舌帽，眼睛快速地向四周扫射了一下。

　　迎面走来一个穿白色衣服的人，与他的穿着色彩完全相反。走近了，在他的面前，低头，吟了一句："她死了，临走前还给家人做了一桌子丰盛的菜。"明哥说完，在黎哥的脚边吐了一口唾沫。这是农村人或者说是农民在面临悲伤时特有的方式吗？黎哥当然知道老同学并不是针对他的。他生在这里长在这里，哪怕出去再久，都不会忘却这里的人、事、物、文化及习俗。那些东西早已长在他的骨血里，根植在他的内心深处。

　　黎哥说："她死了，真的死了吗？"像是在问明哥，又好像在问自己。此刻，他已无法捕捉自己的感情，或许只有边上的明哥能理解。

　　黑夜正默默地降临，两个男人无声地站着，似乎看到了当年的敏向他俩跑来，就从村口桥头的那端跳跃着跑来，笑着，喊着："黎哥……明哥……"她的头发是那么的黑亮、飘逸；她的眼睛是那么灵动，闪烁着青春的光芒；她的小嘴那么甜蜜，活泼可爱。全村老少都喜欢……她，不是别人，是黎哥和明哥从小呵护长大的敏妹妹啊……

黎哥……明哥……她的声音那么的单纯、清澈、通透，突然响彻村庄的上空！

他俩同时惊讶地抬起头，那是来自天堂的声音吗？是敏妹妹的声音！

村庄上空响起了喧闹的哀乐，那是农村人致敬逝者的特有方式，哀乐声中有悲有喜，但真的不适合放在敏的葬礼上。黎哥的两个拳头紧握起，胸口似乎有什么东西在膨胀。

他的脑海里出现了许多年前的那一幕：父母不接受他们两小无猜的恋情。因为敏妹妹的父亲是个赌徒，因为敏妹妹的哥哥游手好闲，无所事事，是全镇闻名的二流子。他俩是被父母活生生拆散的。而敏妹妹最后自己也成了帮凶。他在十年后才知道，敏妹妹为了不拖累他，匆匆嫁给同村的那个她父亲指定的男人，嫁给与她家一样贫穷的一个家庭。一颗慧珠就此落入草堆。为此，他工作后再也没有回村来，当条件许可时，把父母也接去自己所在的城市。那年，祖屋被征，他没有选择要房，直接选择了货币。在他的潜意识里，敏妹妹这么聪明的人，总有一天会离开这个贫困的家，这个无能的丈夫。他在等待她远走，甚至认为自己不在时，明会帮助她，明是她最信任的蓝颜知己。可今天，他才发现自己错了，自己不能负责的事，为什么要明来负责，为什么要明来照顾敏妹妹。他后悔自己不曾真正地理解敏妹妹这么多年的苦与痛，自己不曾给予她实质性的帮助。

半年前，敏妹妹来过他的城市，见了他的父母，也见了他。那是他们分开二十年来的第一次见面。那天的敏妹妹甚至比二十年前更漂亮，更有女人味。那种优雅与高贵，在农村是难得一见的。当然，敏妹妹从小脱俗，更何况她用自己的知识跳出了农门，早可以随他远走高飞，只是她没有，她主动选择了责任与担当，她不光挑起娘家那个贫困的家，还挑起那个扶不起的夫家。她的父亲害了她，但她从来没怨过，至少黎哥从没有听到过她的一句抱怨，明哥也没听到过，全村人都没听到过。明哥一直与敏妹妹同住朱家堂村，每次想帮她时，都被委婉拒绝。他看到的是她的不懈努力。她没日没夜地忘我工作，把赚来的钱用于改善两个大家庭，她取得的成就人人可见，但丈夫仍不待见她。她是全市闻名的 B 公司副总经理兼财务总监，年薪百万，是全村妇女的楷模。她多年来一直保持本色，视每位村民为亲人，只要有人请她帮忙，从不拒绝。明哥知道，她是想要用自己的方式改变几十年来娘家和婆家在村民心中的地位，那种被人轻视的感觉，她从小经历，所以，激励她如此发愤图强，她才愿意主动放弃与黎哥的恋情。又有谁知道，多少个日日夜夜泪水曾浸湿她的枕巾。她的丈夫认为她不爱他，多年来百般侮辱她，四处寻花问柳，最终把不治之症传染给了她，她何曾不知道这种病毒的危害。当她出院后，开车发生事故时，明哥的第一感觉是：敏妹妹发生的不是普通的交通事故，是自杀！

当明哥一个电话打给千里之外的黎哥时，黎哥放下手上即将要订的那个价值千万的合同，不顾秘书和家人的反对，毫不犹豫地飞回，飞回那个阔别二十年的村庄。

半年前，送敏妹妹上飞机时，他对她说过：只要你需要，我会随时出现在你的面前。她当时只是笑笑，什么也没有回答。当她进入安检口时，转过身，面向他，做了一个深情相拥的动作，当时他就泪如雨下，他也看到远处的敏妹妹泪流满面！难道，这就是敏妹妹与他的诀别方式？二十年才见一次，是特意不远千里与他诀别？他无法再深入想象，心痛得无法思考！他欠她一个拥抱，一个深情的拥抱！

而半年来，他没有收到过她的一丝信息，片言只语。

随着哀乐，他们走到了敏妹妹的家，门前摆放着无数花圈花篮，黎哥却看到一朵原本无精打采的菊花突然鲜活起来，心头一阵抽搐，心中仿佛有千万根针刺着他，他再次无比悲伤地想起了敏妹妹的一切……

爱情与婚姻

这是发生在我们村的真实故事。

其实，这种故事城市里也不少，哪里都不缺，只是人们不肯说出来或写出来而已。

白龙镇上有家生意兴隆的理发店，是一家开了三十年的老店。店老板朱兴强，本村人，手下有一群徒弟，男女皆有。通常，那些徒弟三到五年学成后就往大城市里跑。但有一个徒弟叫郑力锋，从二十一岁起就跟着他，已八年有余，一直没走，也没有要走的迹象。最近他在追小师妹孙玲，一个非常苗条而伶俐的小姑娘，年方二十四。同样是徒弟，朱老板也可以叫朱师傅，对徒弟们是一视同仁的，可师傅总觉得这两个徒弟有许多不同。

国庆节来临，朱师傅临时给小郑放了五天假。小郑有点羞涩地问师傅可不可以让小孙也请几天假，朱师傅好像没听懂似的，说："国庆生意好，大家只能轮流休假。你不想回家吗？"小郑立即改口："想，但太远了，可能买不到车票。"朱师傅却说："不远，不就来回四百公里路吗，我这几天都上班，开我的车去，给你妈一个惊喜。"

师傅能借车给他，他兴奋地满口答应，毕竟有半年多没回家了。第二天，小郑告别了师傅，告别了小孙，开着师傅的车回老家了。上了车才知道师傅有多细心，油箱是加满的。母亲看到儿子回家，惊喜万分，再三嘱咐儿子回去好好感谢师傅，不忘说了句："记得还车时把你师傅的车加满油。"小郑欢快地答："妈，你放心，你儿子是什么人你还不知道吗。"是啊，小郑还车前把师傅的车油加得满满的。师傅第二天却给他三百元钱，说是加油费。小郑说："那是我开的油费，我不能借了师傅的车还用师傅的油。"师傅说："师徒之间不要计较这些，把钱拿回去，否则师傅不高兴。"无奈小郑只好拿了油钱。心里特别感激师傅的知遇之恩，当他亲儿子一样疼爱。当晚，小郑给师傅买了两条烟，趁人不注意时偷偷进入了师傅办公室，师傅不收，他也抛出一句："您还当不当我是徒弟了？"

小郑和师傅的事，作为正在相处的女友，孙玲当然全知道。孙玲的驾驶证才考出半年，父母的车不让她碰，周末同学约她去省城，她就想着让小郑向师傅借车开一下。小郑说："师傅这么好的人，你自己去借好了，我去借反而显得你与师傅关系不融洽似的。"孙玲想想也对，周五早上第一个到店里，因为师傅总是在九点前第一个到店开门。她委婉地表达了想向师傅借车的想法，师傅很大方地答应："没问题，下班后你开去吧。我再另准你两天假，够吗？"孙玲高兴地要跳起来想拥抱师傅，当然她没有实践，师傅是守旧的老派人物，五十七岁了，从没与哪个徒弟有握手拥抱之类的事。

启动车子后孙玲也发现师傅已把油箱加满了。省城来回三百多公里，回来后，油箱仪器显示只剩下最后一格油了。她想了想没去加油，第二天把车钥匙还给师傅，同时拿出三百元钱，说她把油用完了，没时间去加油，但油费给师傅。师傅依然笑着说："我怎么能要徒弟的油费呢，再说了，你也就向我借一次而已。"师傅说得很轻松，孙玲把三张红色大钞重新放回了口袋。晚上，她回家时把前后两件事一并告诉了母亲，母亲摇着头说："你俩真傻，朱师傅的理发店是三十年老店了，瞧，他在市区都给儿子买了房，还差你们这三百元油钱，这点钱他不在乎，不用给，不用给。"

小郑带着孙玲回了老家，可不知道为什么，小郑妈妈不同意这门婚事。小郑问师傅的意见，师傅皱了皱眉，认真地看着他的眼睛说："说真的，孙玲只适合谈恋爱，不适合与你走入婚姻。"

小郑听不懂师傅的话，也没听师傅的话，做了倒插门女婿，住到了朱家堂村，热热闹闹地把婚事给办了。

住到朱家堂村，他才知道，孙家与四周的邻里关系不和，树敌颇深。小郑很想与邻里搞好关系，但每次哪怕与邻里打个招呼被岳母看见了都要被教训一通，他深感郁闷。

晚上十一点，孙玲要生产了，家里只有结婚时买的小QQ，不够宽敞，恰好那天朱师傅去省城进修了，去哪儿找车子呢。正好，邻居朱安正开着他的出租车回来了，小郑央求他开往城里的医院。孙玲在车里痛得死去活来，一到医院，孩子就落地了，真的就差那几分钟。小郑在医院里陪伴孙玲和儿子，岳父母继续乘坐邻居的车回家了。

可第二天，待小郑回村时，听说岳父母和朱大哥吵了一架，原因是朱安要收来回两次的费用。而岳母说："如果不等我们，他也是要开车回家的，只能算一趟的钱。"朱安说："要不是看在你女婿的分上，我不会出这一趟车的，真倒霉！"为了这句"倒霉"，岳母第二天一早又冲着人家的窗口骂了半天，使得全村人都知晓。有人说让村支书去评理。村支书说："没理的家庭有什么理可评的，让朱师傅少发小郑两百元钱转给朱安得了。"

小郑妈妈从老家过来到朱家堂村看望新生的孙子和辛苦的儿媳妇。可当她听说这件事后，不停地掉眼泪。回去后，就从老家寄过来一笔钱，委托朱师傅一定要帮忙给儿子买套房子，她一定要让儿子一家三口住到白龙镇上去。

房子终于买了，小夫妻是单过了。可是小夫妻俩依然一天吵三架，多次要离婚都没离成。

几年后，小郑病了，抛下妻儿先走了。

葬礼结束，所有人走了，朱师傅最后一个走，对着天空说："你为什么不听师傅的，也不听你妈的，我告诉过你，孙玲只适合谈恋爱，不适合婚姻，现在她终于把你推进了坟墓！"

高 烧

"咣当，咣当……"客厅的钟敲了十二下，那不是中午的钟声，是子时的钟声。

她已睡了两天两夜，准确地说，因发烧而昏睡。

迷迷糊糊中，她想喊，但知道喊了没用，虽说这是三口之家，实际上却只有她一人。女儿在新加坡读大学，过年没回来。丈夫，刚在腊月廿八郑重向她提出了离婚，她当即同意了。

所谓夫妻基本上是没有沟通与交流的，偶尔说一两个字也是为了女儿，或者说是因女儿在家装给她看的。

二十多年的婚姻生活，无数次争吵，无数次将"离婚"说出口，最严重的一次谈判距今有八年了。那是一次极度恶劣翻天覆地的吵闹，确切地说，是她在拿到"实证"后，强烈要求离婚，于是征询在读小学的女儿："爸爸妈妈离婚，你跟谁？"可小小的孩子恶狠狠地喷向她："我谁也不跟，跟自己。你们爱去哪儿去哪儿！"女儿的神态与话语让她无比震惊，心都碎了。最终，双方达成协议，待女儿长大后再议此事。

如今，女儿算长大了，她的使命也完成了，这个家已没有存在的意义，换句话说，冰窖般的家，留有何用？只有在微信里看到"我们仨"群时，偶尔会感觉他们三个人是有关联的，其他时间，完全形同陌路。他在这个家进出自由，但与她是深深隔离的，何时出入彼此互不相关，视而不见，这哪像一个家？

八年间，她有过一次胃出血及一次囊肿切除住院，在"我们仨"群里把情况告之女儿，他当然看到了，自觉接手了她在住院期间照顾女儿生活和学习的任务。朱家堂村很多邻居都来看望她，但他从未来过一个短信或医院探望一次。出院后也未进入她的房间倒一杯水或问候一句话。如果说当时因为死亡的婚姻心里有一种恐惧，那今天，这种绝望和无助比以前更广泛地弥漫在整个心房。

她用微微颤抖的手摸了摸额头，还很烫，有点喘不过气来，但比昨天好多了。黑暗中，终于触到了开关，灯亮的一刻，感觉自己从噩梦中醒来，内心瞬间有了一种拔地而起的力量，她在心里默默祈祷，她不能被高烧杀死，她必须重新活一次！

突然，听到外面有人叫："朱慧，朱慧……"声音低弱、持续，甚至有点凄惨，是幻听吗？再侧耳倾听，声音来自门外，有点熟悉。她慢慢地坐起，浑身乏力，酸痛，喘气困难。慢点，再慢点，她不断给自己鼓劲。感觉有点冷，拿起边上的遥控器，打开热空调。终于，穿好了衣服，蹒跚着走出房间，但一下子像被点穴般僵住在那儿，那声音来自隔壁的房间，是那个与她仅剩下一张薄纸关系的丈夫。进退两难中，里面的人似乎看见了她，叫得更响了些："阿慧……我快不行了，有些事要向你交代……你可以在门外听……"他们之间除了那张纸，有何可交代？她很想回绝他，但人命关天，本性使然，犹豫着说："你坚持一下，我去打110。"她又蹒跚着走回房间，拿起手机发现电早用完了，找充电器，插上。那声音叫得更急了，她再次走向那房前，隔着门："别说了，我去烧壶水。"

她兑了一杯温开水，微微颤颤地捧着，打开那个房门，似乎有几个世纪没进入那屋子了，屋里死寂如古墓，她眼睛定定地看着床上躺着的男人，窗口玻璃的缝隙中传来鬼魅般的呼啸声，寒风一声比一声凄厉而狂怒。对方睁着一双惊愕的眼睛，仰起了脸，回看着她。或许，这是多年来第一次互望，应该是互盯。他命令地说："不要过来，我在发高烧！"她没有理他，心里再次生出对他的厌恶感，她不是他的下属，他不知道她早就在发烧了，她已经在家昏迷了两天，才醒过来。他急切地说："书桌的抽屉里有两张卡，密码没变，有56万存款……"她好像没听见，坚定地迈向他的床边，指示他喝水，但他却把脸和鼻子用被子蒙起来。她并不急于走出这个早已不属于她的屋子，认真扫视了一圈，屋内的陈设没变，甚至床前那张结婚照仍挂着，照片中她那张苹果脸胖嘟嘟的，可以捏出一把蜜水，他拥着她，细细地盯着，眼里溢满无限的柔情和蜜意……

刹那间，她的心乱起来，很多过往的东西搅在一起，只听他痛苦地说："阿慧，对不起……"

她感觉气一下子又喘不过来了，赶快逃离！

冷却的"情书"

突然有人敲门，我正在看杜拉斯的小说《情人》。这是我每次回老家的最大福利，可以什么都不干，安静地窝在角落里认真地阅读。要是遇到冬天有阳光的日子，更爱找一个能晒太阳的角落捧一本书坐半天，经过我家门口的邻居常会羡慕地说："珠珠，你又偷懒了？"是的，我又偷懒了。从小家务活儿都是妈妈和姐姐的事，我是自顾自玩长大的主儿。

进来的是朱桂飞。"啊，很久不见，最近忙啥？"我热情地问候老同学。真的，自从写了那封"情书"之后，除了偶尔在微信里聊几句不痛不痒的话，我们已很少联系。而事实上她是我在村里最亲密的发小，从小学到中学，我们都在同一个班。我是朱家堂村的，她是大林村的，近邻，属于同一个行政村。

"还好啦！"她笑着变戏法般从身后抽出一束紫色的薰衣草送到我的鼻子下，淡淡的香味一下子弥漫了整个房间，也弥漫了我的心房。因那封"情书"而冷却的发小情又回来了，我的心开始飞翔……

记得小学时，每周三下午休息，我都会带着她去各个村庄玩耍，有时也约上其他同学一起去爬山。小学五年，我们走遍了白龙镇的每一个村庄，每一座山头，走访了每位同学家。现在，我终于知道了，为什么长大后，不同班级的同学都一致推荐由我来组织同学会，原来，是发小们给了我机会，培养了我的综合能力。

初中时，我们又有幸在同一个班。当时道路崎岖，不像现在一条白龙大道大大缩短了我们与镇上的距离。因为镇上的白龙中学离朱家堂村比较远，我只能住校。而桂飞家父母在镇上的菜场做生意，她家当时已在镇上买了商品房，相当前卫。她爸爸是个很有商业头脑的农民，她家也是全村最早致富的人家。当时的农民根本没有商品房或买房的概念。而桂飞早就买了蓝印户口，成了镇上的"居民"。但她有房不住，愿意随我一起住校。我俩又被分配在同一个寝室。偶尔周末的夜自修前，我会去她家蹭个饭，她妈妈待我胜于桂飞，总是把最好的菜不停地往我的饭碗里夹。宽厚的鲳鱼，煎得焦黄的大带鱼，鲜美极了，这在我家是很多年后才上桌的高档菜肴。

冬天的某个周末，学校里实在冷，冷得让人全身哆嗦，我俩夜自修后就肩并肩往她家商品房走去。那晚，我俩就挤在一张小床上说话，突然，桂飞让我代替她给刚转学的男生华写一封信。华原先就坐我俩前面，桂飞暗恋华的故事全班都知道，除了华本人。但我认为华是知道的。我认真地看着桂飞，疑惑地问："这信，我写不合适吧？"因为我清楚她要给华写信的目的。但桂飞恳切地说："你的字比我的字漂亮，作文也写得好，你帮我写最合适。"我笑了："哪有替人写情书的啊？你要用自己的语言表达自己的思想和情感。你又不是文盲。"其实，我心里知道，最重要的是我并不欣赏华，华虽然成绩优异，但他给我的感觉是从骨子里看不起很多同学。他爸是上海人，之前借住在朱家堂村的外婆家，现在转学回大上海了。但桂飞还是坚持要我写信，并拿我们的友谊相威胁。无奈，最后由她口述，我代写了一封"情书"，信的最后由她本人签名，我在下面备注"某某人代写"。信由桂飞寄出。

一周后，学校门卫里出现了一封由上海寄来的写着本人大名的信。信封下面的地址是华的学校。于是，我主动把那封信交给了桂飞。但她说信封上写着我的名字，不适合由她拆。是啊，一个初三大姑娘已经完全知道这些道理了。于是，我拆了信，打算再让她看。但一打开，信里面第一行又是我的大名，里面的内容也全是华写的这两年间对我的欣赏和赞美之词，我蒙了。桂飞就在边上，我不知道如何是好。其实，桂飞的眼睛盯着我手上的信，一动不动，好像反应不过来，最终还是我主动把信交到了她手上，因为信的末段，华提了一句"向朱桂飞同学问好！"这几个字我至今都记得，我想桂飞肯定也记得。反正，当时她什么也没说，看完信后就还给我了，走了，留下我在路中央独自发呆。

那几天，恰好是最忙碌的期末。待考试结束后，我去桂飞家玩，她妈妈问我，某个晚上夜自修回来桂飞一直在哭，是谁欺侮她了？我奇怪了："没有的事啊，桂飞在班上一直很优秀，哪会有同学欺侮她呢。"

直到华的第二封信再次飞到我的桌上时。信是由班上一个男生拿进来的，他大声地质问："喂，华可是桂飞的白马王子，怎么给你写信啊？"桂飞听后直接哭着跑出了教室。我百口莫辩，才猛然想起她妈妈说她回家掉泪的事。为了不再引起桂飞伤心，我又主动把第二封信给她看，但这次她不要看。我趁她不注意时偷偷地把信放进她的课桌里。其实，第二封信华根本没提到桂飞，我为了证明自己的清白硬逼着她看那封华给我的"情书"，今天看来是多么可笑而伤人。而且我为了再次表明自己没有抢她的心上人，把我给华的回信也给她看了。信中我再三声明，我只是代桂飞写信，华应该给桂飞回信，请他下次别再给我写信。但不知道为什么，华一直没给桂飞写过信，直到我们毕业，我和桂飞读了不同的高中，华依然给我写信。

后来，华考入了北京外国语学院。如今，在某国驻华大使馆工作。几年前，他回来过，参加毕业二十周年同学会，他依然是先找到了我，我带他去了桂飞家。我明明白白地告诉他，因为他，桂飞与我从此疏远了。我以为他会拒绝，但他没有。桂飞在见到他的瞬间，整张脸一下子全红了，似乎回到了二十年前。于是，我就想到一边去看书，被华拉住了，他朗声笑道："你在读中学时没正眼看我，我都跑这么远回来看你，你还要到一边去看书而置我于不顾吗？"桂飞也跟着起哄，说我对远道而来的同学照顾不周。于是，我只能放下手上的书，我记得那天带的是《白鹿原》。

而桂飞却转身走进了厨房，不久，身后响起了敲鸡蛋的声音，这是朱家堂村人待新女婿或贵客的最高礼遇。

时光流逝，故事讲得差不多了。现在，桂飞已是一家花木公司的老总，同学会后的某一天，也就是我们在毕业后唯一的一次同宿，那天她有事找我，住在我们家。她说："当年那封情书似乎是一个劫，让我这些年来一直想不明白，哪怕结婚了，我的心里总有一个不灭的梦想。"直到有一次她出差去了北京。华用最高规格接待了她，由华的妻子亲自烧菜在他家的别墅里吃大餐。看到华优美高贵的妻子，桂飞觉得自己只是乡下的一个村妇，飞得再高也够不着梦想的天空。他们本不是一个频道上的人。回家后，她一心一意与丈夫搞起了实业。

我真不知道，原来少年时的情愫会在桂飞的心里驻那么久那么久，作为她的好朋友，我没有及时发现问题，很失职。

今天，桂飞拿起我手中的《情人》看了一眼，扬了扬说："什么时候你看完了也借我看一下。"我爽快地答应："没问题。"

我俩同时哈哈大笑起来。

那枚口红

他要飞了，移民，美国。

她要去机场送他，就像当年他送她去机场一样。

她远远地看见他站在那儿，还是2号航站楼那个位置，一如他当年送她。

已记不清，他有多久没约她了。无论多久没见，他却一直在那儿，只要她一个短信、一个电话，他都会在第一时间回复。

再想想，或许是五个月没约了，或许是四个月，还是三个月，她真记不得了，心里直想笑。

昨天一早，他却打电话给她，说今天他要飞了。

五年前，他就说过，为了小儿子，他打算移民美国。他的妻儿两年前就住在美国了，在那边开了公司，买了别墅。当时，她故装委屈地说，那以后很难再见你了。他答：随时可以飞回来啊。回答在她的预料之中，她亦深信，若她有事，他依然会如在国内般及时出现在她身边。依然被他的回答深深地陶醉，如陶醉在一份浓郁的酒香中，久久回味，久久感动。

这份浓情多年来在彼此心中从不曾化开，又妥帖得如熨斗熨过般平展，如此贴心，如此舒畅，沁人心脾。他们是同学，小学到中学，整整九年。中间六年，各在不同的学校，但每学期都会互寄一张明信片表达问候，当年除了信，最流行的就是明信片。他不曾给她写过信，所以，她也没给他回过信，但那些明信片，至今保存在老家的抽屉里。

如今，他五十岁了，棱角分明的脸庞有沧桑却依然冷峻，深邃锐利的黑眸有豪气却依然正气逼人，成熟儒雅的气质更具男人魅力。在看到她的瞬间，他笑了，微微地笑了，笑得很轻，笑得很柔和，好像见到了一块宝贝，笑得稍重点儿怕要打扰似的。他们的每一次相见，几乎都是在公众场合，且每一次，她发现，原本在认真走路或严肃思考的他，只要一见到她，那脸就变得无比柔和，眼神明亮，这一刹那的变化于她，永远怦然心动，这是她所憧憬的。但她知道，他们的友情就像纪梵希与奥黛丽·赫本的感情，纯洁无瑕永远只能是朋友，胜似亲人的知己朋友。

他微笑着张开双臂在众目睽睽下迎接她，她轻轻地加快步伐，投入他的怀抱。那是一个梦寐以求的深情拥抱。

八年前，她去青海支教，甚至一直对她漠不关心的丈夫也表示反对。是啊，一个四十二岁的女人，刚刚把孩子送进大学，该好好为自己活一回了。可她却选择背离这座繁华的大都市去艰苦偏僻的高原支教，人人不得解。当她把决定告诉他时，他却回复：恭喜你依然有梦想，还能实践自己的梦想。是啊，去边远地区支教，是父母给她的梦想，因为父母把青春献给了戈壁滩，虽然用科技改变了中国在世界的地位，但当地牧民的贫穷和落后，不是一两年能改变的。当年她报考师范，也受到父母的积极鼓励，在她心中一直崇尚人类灵魂的工程师，他们用知识和教育改变了一代代人。

也是在这个机场，在这个位置。在她要进安检前，他打来电话说要来送她。她说：算了吧，我们之间好像不需要这种礼仪。他却在电话那头笑着说：你的这个行为比较高尚，有必要送一程。挂掉电话不到两分钟，他就出现了。她怀疑他早就潜伏在机场。他递上一枚纪梵希的小羊皮口红，送给她。他曾说过他俩的感情超越友情超越爱情。她是他随时想起，都觉得很亲的亲人，就像自己家里人。她说为此她特别喜欢使用纪梵希的口红。

支教本是一年，她却主动要求多留了一年。当然一方面是因为那边的学生舍不得她。他没去青海看她，但又给她寄了一枚纪梵希的小羊皮。前一枚是304号，后一枚是305号。

他紧紧地拥抱了她。她享受这一刻，他很快清醒地抬起头，从大衣袋里取出一枚纪梵希，说：以后，你不用去买了，我会定期寄给你。

眼圈突然泛红，她情不自禁地回抱了他，然后扭过头，推开他，示意他快进去。再次回首，他已过安检，在玻璃门后使劲地向她挥手。她也挥手让他快进去。待那熟悉的身影消失，泪水终于无声地从两颊滑落。

　　半年后，她再次回到了离开了六年的青海省海北州白龙希望小学，这次她打算支教到退休。白龙希望小学于五年前建成，正是他资助的。

　　如今，她每天早晨都会涂上心爱的纪梵希口红，站在校门口迎接每一位学生的到来……

教　养

　　大姐一直以为自己除了有教养，真的没有别的长处了。而且她的教养告诉我们，教养这东西与文化、知识，没一毛钱关系。我今天要说的那个有教养的人，不是别人，是我们大林村的林玉芬，我老公的大姐。

　　元旦在老家。我正在看书，突然，边上的大姐用胳膊肘蹭了我一下，问："看什么呢？"我答："学习啊。"她不解，再问："学习？你都四十多岁了还学什么？"我回："四十岁了咋不能学？八十岁都要学习呢。"大姐吐出一片瓜子壳，嘟哝道："一个中年女人学什么学。"

　　这时，大姐的女儿，也就是晚辈外甥女进来了，32岁，高个，苗条，浓妆艳抹。用朱三婶的话说，扮得像白骨精。据我所知，那张脸已经过三次以上整容，叫微整、医美。我虽然比她年长几年，但对此还是很陌生，消化不了。外甥女手上拿的是一个电子产品，是专门看网络小说和玩游戏的，据说这工具相当于一本书，不伤眼。

　　大姐看见自己女儿马上站起来让座，同时把手上的一把瓜子给了我。她女儿毫不客气地坐下来继续玩游戏。我瞧一眼大姐，见她小跑过去给女儿倒来一杯热茶，关心地补了一句："外面冷，喝杯水暖暖手。"她女儿并未抬头，只蜜蜂似的应了一声。

　　这时，我儿子背着一个书包进来了，他刚才去参加培训，我老公刚接回来。儿子进来就喊："渴，渴……"我立马说："妈妈给你去倒水，先休息一会儿。"大姐紧跟着说："喂，小子，你怎么不叫我啊，没看见我吗？"我儿子看了她一眼，很不情愿地叫了她一声。大姐说："这孩子，都三年级了，怎么一点没礼貌，遇到长辈不叫人啊，没教养。"听了这话，我有点蒙，她女儿从昨天进入老家，也一直没叫过我这个长辈啊，我可没对她女儿说过这样的话。她女儿的女儿也四岁了，早会喊人了，但每次逢年过节遇到了，无论是大姐本人还是大姐的女儿从来没教小孩子叫过我这个长辈啊，我也从来没说过他们没有教养之类的话。

　　大姐的弟弟，也就是我的老公进来了，大姐的女儿抬头轻轻叫了声："舅。"老公微微一笑有教养地点点头，然后吩咐儿子做作业，儿子反抗："我刚培训结束，渴，累！"我正在把水端过来的路上，儿子却拿过表姐边上那杯水喝了起来。大姐尖叫："喂，这水是姐姐喝的，你的在你妈手上呢。"我儿子白了她一眼，昂起头咕咚咕咚把杯子的水喝个干净，完了再剜一眼大姐。大姐在那儿再次大叫："这小孩怎么一点不懂礼貌，还用眼睛白我。"我老公一个巴掌欲打下去，狠狠地骂儿子："怎么回事，对长辈怎么能这样！"儿子装出愤怒的神情。老公继续骂儿子："必须道歉，给大妈妈道歉！"儿子低头不说话，"呼"的一声溜走了。老公追出去，还在后面喊："给大妈妈道歉。"我把手中的水给了大姐的女儿，对她说了声："小弟弟不懂事，这杯新茶给你。"她依然没抬头，也没发声，依然沉浸在电子世界里。她的女儿多多一个人正在院子里玩沙子，已经半天了。

　　大姐的胸口依然起伏不平，对我说："你怎么管教孩子的？一点没教养。"我也有点生气了，反驳："大姐，管孩子不是我一个人的事，你弟弟也有份。"大姐说："我弟弟多忙，多辛苦啊，他一个副科长，要管好多人，他哪有空管教孩子啊。过节了，他好不容易休息，为什么让他去接孩子，你却在这里看书？"我说："大姐，我要考高级职称，不看书怎么考得出。他一个副科长怎么了，谁告诉你副科长管好多人？"大姐边上的女儿插嘴："妈，你不知道，舅的科室就他一个人，科长和科员都他自己。你不知道，别乱说。"她女儿是检察院的，与我老公所在的信访局紧邻。

　　大姐蒙了一下。恰巧，她女婿的车开进了院子，我说："最辛苦的人回来了，人民警察值勤可辛苦了。"

　　大姐却不屑地接了句："苦什么苦，他是坐办公室的警察，又不用在马路上值勤，那些值勤的都是辅警，那才叫苦，风吹雨打，起早摸黑，站完学校的路口岗，还得站下班路口高峰岗，哪里堵，哪里就有协警的身影。"

　　我鼓起掌来，大姐惊讶："你干吗？"

　　我向大姐竖起拇指："大姐，你说得太好了，高觉悟，有思想，有水平！"

　　大姐打了我一下，笑了，接着唠："他一个普通警察，职位没我弟弟高，架子倒比我弟弟大，一日三餐不用管，家里油瓶倒了不用扶。孩子上幼儿园半年了，也没见他接送过一次。晚上回到家还要我女儿倒泡脚水，当自己是老爷啊……"

　　其实，我知道大姐的女婿在家也做家务的，人家菜烧得都比我们好吃。他一有空也带着女儿多多到处亲近大自然。去年还是女婿出钱订机票让岳父母去了一趟泰国五日游呢。朱家堂村的大妈们去过国的也不多吧。

　　警察女婿已从车里下来，大声地与我们打着招呼，一个挺有教养的公务员，我用胳膊肘蹭了下大姐，提醒她该适可而止了。大姐站起来去做晚饭，今天是元旦，老老少少聚集在老家，我跟着起身给大姐打下手去。

　　其实，大姐真的挺辛苦的，虽然她的行为和嘴巴让我看不上，但我知道，她只是个典型的村妇，像大姐这样的村妇在朱家堂村有一大箩，我不该与她的教养计较什么，否则我的教养呢？

俏大姐的退休生活

都说俏大姐精明能干，且不俗气。

至于为什么叫她俏大姐，因为她有一双漂亮的手，长得特别俏，比年轻姑娘的手还俏，那双俏手还特别能干。除了烧菜，她样样能干，而且干得特别好。只是她干活时总爱戴上手套。她有很多手套，有些是橡胶手套，洗衣服、洗碗时用；有些是厚棉纱手套，剪树枝劳动时用；有些是丝绸高级手套，出门参加宴会时用。当然，俏大姐穿着也很俏，讲究、干净、时尚、得体。一年四季没见她穿过重复的衣服，尤其是饰品，夏天裙装脖子里所配套的项链和手腕上的链条是不同的；冬天，各色毛衣搭配的链子更是一件比一件精致；西式套装或羊毛大衣所别的胸针一朵比一朵灵动。所以俏大姐这个称呼，名副其实，她自己也很受用。

重要的是村民们对俏大姐很尊重。为什么呢？其实，俏大姐的大名叫什么大家并不是很清楚，反正她长得很俏，扮得也很俏。只知道她是医院退休的干部，听说还当过副院长，

173

退休后才住到朱家堂村的，房子是朱大爷的儿子朱兴贵卖给她的。

俏大姐说自己以前老家就在农村，现在父母走了，老家早被拆了。她喜欢农村，在退休前几年一直有意地找寻一个自己喜欢的地方。有一次，有朋友带她来朱家堂村吃了几餐农家乐，她记住了这个美丽的村庄。后来，夫妻俩带着儿子又来了几次，她说朱家堂村人特别善良纯朴，晚年就在这里过了，于是，托朱书记在本村买了这间农家别墅。

她说，余生的每一天都要过得很充实，很快乐。

的确，俏大姐的生活很充实。早上，她五点半就起来了，穿上那套白色的休闲服，在后面的小公园里打一小时太极拳。一开始只有她一个人，后来村里几个大妈与她混熟了，请她当教练，可俏大姐不马虎，她自己出钱，定期让教练下乡来授课，大大提高了村里大妈们的太极水平，增强了体质。俏大姐锻炼回来通常就去白龙镇农贸市场，买完菜在家门口挑挑拣拣，弄得干净整齐。烧菜不归她管，因为家里的老伴烧菜水平是大厨级别的，去俏大姐家蹭过饭的邻里都这么说。俏大姐家老伴的厨艺高超这一消息很快传遍了全村。这下可好，一些爷爷奶奶带着儿孙一起来尝，尤其那红烧牛肉，香味扑鼻，每次能吸引很多小朋友，吃了第一餐不够，还想吃第二餐、第三餐。有人曾鼓动俏大姐开个微信号，卖私房菜，但俏大姐说不用开，谁爱吃就来吃吧，我家的大门为全村老少敞开着。老伴菜做得好，其实是靠时间熬出来的，退休的人最不差的就是时间，所以，老头子的菜真的是越烧越好吃了。俏大姐这么使劲夸赞老伴，村边上几户开农家乐的主人还特意偷偷地到她家来讨教菜肴秘方。听说，她老伴更慷慨大方，倾囊相授。夫妻俩一个比一个不得闲，充实无比，乐在其中。

每到金秋十月，俏大姐总要买上很多大对虾，用清水余熟，戴上白色的医用橡皮薄手套把虾的胡须一一剪干净，放在楼顶阴凉处风干。这是她每年必须做的功课，以前住城里找不到晾干的地方，一年要分好几次晾。现在朱家堂村的房子大，楼上、楼下到处可晾，邻居大妈曾拿自己家晒干的大虾给俏大姐。俏大姐却说经她多年研究表明，还是风干的虾更能保持鲜味并长久存放。于是，村里的大妈们又跟着俏大姐学会了一门晾大虾的手艺。俏大姐年轻时曾在大庆油田支边，她的大干虾是用来送给北方知青朋友及留在那儿的南方朋友的。经常地，北方朋友也会给俏大姐寄来一批批干货，有木耳、香菇、大米等，俏大姐常常与大妈们一起分享正宗的北方特产。

想不到的是，俏大姐这么俏的人有时也做苦力，那就是她爱剪树枝，不光把自家院门口的冬青树等剪得整整齐齐，还把全村道路边那些长得过杂、过快的零乱树枝都收拾得干干净净。其实，那些树都是最近十年来新农村建设培植的，参差不齐，乱蓬蓬的，俏大姐就两手执着大剪子，吧嗒吧嗒地剪，很卖力。有时老伴会参与其中，剪得一地叶子，被剪的树枝头沁出新鲜的清香味儿，飘向四方。这时，村民大妈们看到会自发地一起来帮忙收拾那些落叶和枝条，然后运走。

　　她不光爱剪，还在家门口整出一个文艺清新的小院子，兰花、牡丹、芍药、玫瑰、树木、多肉等一应俱全，一年四季春色满园，红的、黄的、蓝的、紫的、橙的、粉的，遍地都是。

　　在俏大姐的带领下，村内很多大妈爱上了绿化培植，前卫的俏大姐还经常开着车带上大妈们一起去绿化批发市场进货。为此，村里特别向市里申报，好多家庭的庭院被评为"新农村美丽庭院"，落款是文城市，级别够高的。这成为朱家堂中心示范村的一个亮点。很多游客进村后会在各家绿化小庭院前驻足留影。

　　最近，听说俏大姐培植了两百多盆多肉要送给医院里的老同事，因为今年情况特殊，她的老同事们都奋斗在第一线，太不容易了。她要送每个同事一抹绿色。

　　这几天，气温骤降，已到了冬季，但我看到，对面的俏大姐上身穿一件白色的细绒外套，里面着一件酒红色的羊绒衫，下身是一条黑色的绒丝布百褶裙，底下一双灰色底高跟皮鞋，戴一双米黄色的手套，那双长长的俏手正在静静地修理一株梅花……

文艺青年龙叔

龙叔今年六十有余了，仍是村里公认的文艺青年。

听，有一个男中音在高歌，高昂的歌声，萦绕在朱家堂村的上空。

差不多每天晚饭后这个时间，村民们都能听到从龙叔家传出来的歌声，多年来已成为朱家堂村日常的一部分。哪天，要是龙叔家没有歌声传出来，除非谁家有了白事，否则村民们就会互相探问："今天阿龙怎么不唱歌了？阿龙家有什么事？"肯定会有村民跑到龙叔家去看个究竟，甚至打电话向他问个清楚。无形中，龙叔早就成了朱家堂村的一个快乐源。

夏天闷热，龙叔会把音箱和话筒都拉到院子里开独唱音乐会，这时全村老老少少都聚集在他家院子内外一起来欣赏。龙叔会先把经典老歌唱一遍，然后再将最新的流行歌曲放一遍，让放暑假的孩子一起过把瘾。当然，更多时候，还是他独自陶醉在歌声中，门口经过的村民会停留一会儿，或者走过时，向龙叔摆摆手，或给他竖个大拇指，龙叔则边唱边向路过的村民躹躬以示谢意。近些年来，村里的农家乐、民宿比较火，一些旅游者路过时觉得好奇，有时也会停下来听龙叔唱完，龙叔有时也会邀请他们共同高歌一曲，这便成了村里的另一道特殊风景。

其实，龙叔家的风景有很多。他家门前的院子是村里最有文艺范的"新农村美丽庭院"之一。院子里里外外，左右两侧，前前后后摆满了几十年前的古物旧器。有石磨、捣臼、石凳、石柱、石板、甄、罐、壶、瓮、盆等各类造型的器物，大小不一，奇形怪状，龙叔把这些物件错落有致地放在一起，又在上面种上各类绿色植物，别有风味，雅致意境便出来了。朱家堂村的农家别墅区有很多这样的家庭，院庭前全是各类花草树木，各有千秋，还有部分家庭被白龙镇政府挂上了"花园型民居"的牌子。前年，市里曾特别制作录像，有村民做过统计，说在新闻播放中龙叔家出镜的时间最长。

龙叔上电视后，有村民马上表示不服，说龙嫂其实比龙叔更强。因为龙嫂会剪纸，从她指间流出来的小动物个个活灵活现，形象逼真，可以争取成为非物质文化遗产传承人。大家还曾笑龙叔，说龙嫂应该嫁到城里去，才会有更广阔的舞台。

事实是三十多年前龙叔在县城歌唱得奖时，同样是县文艺青年的龙嫂当时作为活动项目参加者在下面剪纸摆摊。龙叔的歌声吸引了邻村的龙嫂倒追过来。虽说龙叔和龙嫂出门从不像朱佳妮夫妻俩那样手牵手，但他俩结婚三十年来，邻里从来没听到过吵架声，龙嫂永远如朱佳妮那样一直是和颜悦色的模样，两只大眼睛笑成一条线，龙叔始终与老婆同频的节奏，是全村最具文艺范的家庭。

值得一提的是，他们培养出了一个优秀的女儿朱琴琴。朱琴琴从小在父母的熏染下，能歌善舞，琴棋书画都会。一手书法尤其流畅，年纪轻轻还在省里得过奖，在市里参加过大型展览。

每逢年前某个阳光充足的周末，龙叔会来场全家总动员。他西装革履，在家里面引吭高歌，为农村渲染过年的气氛；龙嫂素净俏丽，在院子里铺开红纸拿起剪刀做窗花；女儿时尚潮流，认真研墨，墨香四溢，书写对联。村民们互相奔走，一家家赶集似的争先恐后来取。有些村民会让龙嫂剪指定的"喜"字、"福"字或某个小动物窗花；有些村民会让琴琴写某种专属字体；还有些村民会专挑自己认为最吉利的上下联来写，没特别要求的村民就在已写好的对联里自选。活动一般分两个上午场，那样差不多家家户户都有红红火火的年味了，有时邻村亲眷也会过来自取几副对联或几对窗花。这时龙嫂就笑得合不拢嘴来，她会说："这样才剪得有劲，明年继续。"

这些年随着游客的增加，朱书记就让龙嫂带着琴琴到村文化礼堂前去服务，同时可以把过年的祝福送给过往的游人，为朱家堂村新农村建设增强宣传效应。龙嫂满口应承，经常会在家提前准备一部分漂亮的剪纸半赠半卖给外来游客。村内有些小朋友也会加入其中，龙嫂就教他们剪几个最有年味的"喜"字；琴琴会教小朋友在方块的红纸上写"福"字。小朋友们欢天喜地地把写好的字拿回家给长辈们看，整个村庄充满了幸福、祥和的气氛。

琴琴是白龙镇幼儿园老师，还会弹一手优雅的钢琴。去年，她在文城市教师新秀中得了一等奖。龙叔逢人要说上一遍，夸奖一下闺女，龙嫂就在后面拉他的袖子，示意他别说，向来温和的龙叔却回头瞪了老婆一眼："琴琴不能像我们这样被误了，我就是要向大家宣传一下，希望我们家能出个正儿八经的文艺青年。"有人听到了马上戏说："龙叔，你那文艺青年的位置应该让给琴琴了。"

今年过年，文艺青年龙叔家要办喜事了，琴琴要结婚了。龙叔的歌声一曲高过一曲，嘹亮而悠远，响彻了朱家堂村的角角落落。龙嫂的窗花剪得更溜了，龙凤双双飞舞，当然都要贴到女儿的新房去。

可有村民发出疑问："琴琴嫁的那个体育老师，算不算文艺青年?"

相　遇

　　朱兴强的后背被人重重地拍了一下："嗨，老朱，在干啥呢？"

　　老朱回头一看，是同村的林大宇，小学时的同班同学。反问："你说呢，在医院还能干啥？"

　　对方爽朗地大笑，这是他一贯的笑法，从小到大没变过，变的只是他头顶上漆黑发亮的密发已经稀稀疏疏，黑白相间没剩下几根，一大早在风中零乱地飘逸着。为什么仅剩几根头发还要用"飘逸"两个字呢，因为老朱知道，大宇是整个朱家堂村最讲究外形的主，哪怕当年穿着补丁衣裤，他的着装也是全班最整齐的。那个年代，男生女生一般都只有一双白球鞋，且也是破旧不堪或泥尘满面，唯有大宇的白球鞋绝不是这样。他的鞋虽然也会因为被洗刷无数次而显得很旧，但依然白得堪比牙膏，且没有一丝黄色水迹。大宇可能感受到了老朱一直在盯着他的头发，笑够了就问："怎么，是不是想说我变得邋遢了？"老朱认真地回复："没有，我在想，你要不是快谢顶了，就瞧你穿着的羽绒服加牛仔裤，再配上运动鞋，从背后看，我还真以为遇到一个三十岁的小伙子呢。你腰杆这么挺直的人，来医院干吗？"

大宇不再笑了，气息一下子低下来："是啊，谁愿意来医院？谁不愿意在家好好待着？我很想回咱村晒晒太阳，去村口小店聊聊天，打打牌，多爽。"

"过几天，等我出院了，咱俩一起回？"朱兴强故意揶揄道。他知道大宇夫妻俩在城里带孙子，哪有时间回老家啊，顺口又提了一句："你家院子里的草都比人长得高了，你也该回去打理打理了。"

"老伴身体不好，住院了，我要照顾她，又要照顾小孙子，哪有时间回去打理啊。即使回去了，可能也打理不动了。这身皮囊已不是当年的那身皮囊了。"大宇说完叹了口气，那叹气的姿态显出了老年人的疲惫。

老朱重新上下打量了一番眼前的老同学，也是老邻居，点点头说："这农民啊，其实，就该待在农村，就该在地里劳动，在村里才会健康，在城里是要变废人的。老话说水土不服。我看，你还是带老伴回村里住一段时间，身体可能就恢复了。"

"她也想回村里去，可上个月才出院两天，又犯病了。这不，又住进来了，我得每天做饭，送饭，还得接送孩子。"大宇摇摇头表示不能回村。

"真难为你了，一个男人做着女人的事。"老朱表示同情。

"你呢，说说你，是自己看病，还是来探望病人？"

"当然是自己啊，老是头痛脑涨，看过很多次了，吃过好多药都没用，今天医生让我做个加强版CT。真是神奇，CT还有加强版的，是不是医院为了多收点钱，变着法儿换叫法？"老朱抱着怀疑的态度说。

"那倒不是，我这一年来陪着老伴进进出出医院无数次，许多之前没听说过的医学名词都听说了。老伴病房里的邻床也做了加强版磁共振，这其实就是一种深度检查，现在各类医疗设备先进了，我们只要自己注重养生，不要过于劳累，很多毛病都是能治好的。不像我们的父辈，走了，是什么原因都不知道。"说这话时，大宇想起了自己的父亲，在三十年前的一个春节，在家发烧睡了几天就走了。当时农村经济条件差，也不知道及时就医，父亲究竟得的是什么病都不知道，要是现在可能马上能医好，说不定还活着。父亲如果在的话也有九十岁了，与朱兴强的大伯朱大爷同辈人。现在村里八九十岁的老人好几个呢，朱家堂村还被冠为全镇长寿村，这可能与村前的大河有关。听说，这条河的风水特别好，滋养了朱家堂村的百姓，但为什么就不滋养他林大宇的父亲呢，林大宇有点想不明白。前几天，在老伴再次入院后，他认真地找儿子儿媳妇谈了谈，让他们尽快找个保姆或者让亲家母来帮一段时间，他感觉再不回的话，自己所剩无几的花白头发都要掉光了，他都快忘了自己是谁。就像老朱说的，农民还是得回农村去，虽说他是一个初中毕业的现代农民，但怎么也有六十多了，他还得回到故里。

老朱见大宇发呆失神，不禁拉了他一下，说："带我去看看你老伴，明天我还得来拿检查报告，我给你带件东西来。"

"什么东西？"两位头顶花白头发的农民边聊边并肩走向住院部，当然，如果没人指出，农民两字没贴在他俩的额头上，今天的城市里，早已分不清谁是农村人，谁是城里人。

第二天，老朱和大宇约好了时间又在人民医院门口见面，老朱塞给大宇一个小小的红包，看似空空的。大宇拿回去给老伴，老伴及时把小红包放到了病床的枕头底下，并认真地审视了一下位置，像是藏一件极其珍贵的宝贝。邻床病人的眼睛里满是问号，但老夫妻俩不吐半个字。

小红包里是来自朱家堂村的一小撮泥土。

家和万事兴

周末，下午四点，朱婆和林婶走在去幼儿园的路上。两位婆婆像极了一对老姐妹，都六十出头，个子都不高不矮，不胖不瘦，穿着朴素，是地地道道的朱家堂村村妇，最近一年因接送孙女才经常走在一起。以前生产队时经常出工，争工分，现在基本上闲在家做点小零件、小配件，管管小孙女。

朱婆对林婶说："今天下雨，回去时坐个三轮车吧。"林婶想了想，回答："我孙女可能不要坐。"一趟三轮车四元，她们AA制各两元。

以前林婶的孙女很喜欢坐三轮车，因为她娘腰不好，带孩子出去时总是坐三轮车。林婶就在孙女面前说，坐三轮车浪费钱，走路还能锻炼身体，以后你娘叫三轮车时，你就说不要坐。三岁半的孩子记忆力特好，等到再次出门时，真的坚决不要乘三轮车，当娘问孩子为什么时，三岁半的孩子已经能把奶奶的话一字不漏地传达了。过后，孩子娘会委婉地对林婶说："妈，孩子长大了，模仿能力强，我们要以身作则。"并给了她五百元钱，说是乘三轮车用的。这令林婶一个晚上没睡踏实。

第二天把孩子送到幼儿园，回来路上林婶对朱婆说："我儿子娶了个败家货，不会当家不会理财，我看不惯她那样儿。她倒好，反过来教训我这个婆婆了。什么时候也让她知道一下不尊老的滋味。"

朱婆点头称是："物价飞涨，一分钱得掰成两分花。我家儿子和儿媳妇都爱穿名牌，用名牌，凡东西都往贵的买。我一个老太婆说说也不管用，就睁只眼闭只眼了，求太平算了。"

令林婶想不到的是，自那以后孙女真的一概不坐三轮车了。幼儿园离家有三里路，每次来回都要奶奶抱着，这不折腾她吗！凭两个婆婆同时劝，小孙女就是不听她们的，还回了一句："奶奶，你不是说坐三轮车浪费钱吗？"林婶再次骂出一句农村里最恶毒的脏话。见朱婆看自己，林婶才住了口没继续骂下去。的确，六十多岁的老婆婆这一路抱个孩子真够累的。不过，后来林婶对小孙女进行了锻炼身体的强化教育，让孙女走着回家，孩子倒听从了。朱婆也学着让孙女一起散步回家。两大两小，倒挺和谐的。

朱婆拿出一颗奶黄色的零食让林婶尝尝。林婶回头说："嗯，真好吃。是你儿媳妇买的？"

朱婆答："不是，我刚才去市场买菜时，路过一家叫什么之味的零食铺，那东西我孙女可喜欢吃了。"

林婶接道："叫优之味吧，我家那败家的儿媳也常买给孩子吃。很贵的，你下得了手？"

朱婆说："他们每个月给我八百元零花钱，现在孙女三轮车也不坐了，多余的钱我就给他们买点菜啊，零食或玩具。"

林婶凑近朱婆的耳边说："我儿媳也每月给我六百，我儿子再偷偷地给我五六百，逢年过节给我的都上千，他给我的真的比请个保姆还贵呢。"

朱婆睁大了小鸡眼："你儿子真孝顺啊。"

林婶扬了扬头，骄傲地说："是啊，儿子对我是百依百顺的。"

朱婆疑惑地问："那你也学我吧，有时也给孙女买点吃穿的。儿媳妇不好，孙女总归姓你林家的，一家人少点计较。"

林婶不屑地一笑："钱都是我儿子赚的，全让那个女人享福了。"

朱婆疑惑了："前几天，你不是说这套新衣服，这双新皮鞋全是你儿媳买的吗？"

林婶又笑了："她说是三八妇女节送我的礼物。钱是我儿子挣来的啊，娘穿儿子的、用儿子的，天经地义。"

朱婆说："我儿媳妇可没给我买什么三八节礼物。连过年都从来不给我买衣物，她连自己的娘也不买。倒是儿子给我买过几件，儿子每次买回来，我都穿给儿媳妇看，她也很高兴的。有一次她说："妈，什么时候空了我也陪你上街买一件。"我说："好的啊。"这不，前几天她说这星期要带我一起去新开业的什么广场看看。小孙女听了倒是高兴半天，天天问我们什么时候去。"

林婶说："我懒得与那个败家儿媳妇交口，也不管她的事儿，只负责接送孙女。那天她自己六点半才回家，居然还黑着脸命令我，下次接孩子回来先帮她把电饭煲插上。我就装作没听见。"

朱婆"啊"了一声："你不给儿子家做家务的啊？"

林婶的头再次一扬，反问："我为什么要给他们做家务？我做了她会说我好话吗？我做了那她做什么去？玩电脑？看杂志？让她福上加福？"

朱婆不明白了："你儿子最近不是去国外跑业务了吗，你还每天坐着看电视啊？你儿媳不是经常要上班的吗，这么冷的冬天，小孩肚子饿着不好。你应该帮帮她。"

林婶气愤地反击："凭什么帮她，我只是看儿子的面上管孙女的。否则，我与他们分开过。"

朱婆认真地劝："话可不是这么说，你一个人，老伴也走了，与儿子一家三口住一起不是很热闹的吗？我和老头子都这么想的，只要我们能干的，多帮衬他们点，儿子儿媳妇心里清楚的。我家儿媳妇也不会说什么好听的话，也不买东西，但是个实实在在过日子的人，我的原则是'大做小，退一步海阔天空'。"

林婶轻蔑地一笑："你啊，不要对儿媳太好。婆婆要有婆婆的样，你还真当她是自己的女儿？下次后悔来不及的。"

朱婆一怔，马上恢复了笑容："你不知道，我儿子在城里买房了，我出了二十万块钱，而房名是儿媳妇，要你，又要想不明白了。"

林婶大为震惊："啊，你真是个傻婆婆。"

朱婆再次笑了，认真地对林婶说："只要你真心对待儿媳，儿媳也会真心待你的。以心换心，真金难买人心，家和万事兴啊！"

林婶有点尴尬地笑笑。

"妈，快上车！"是朱婆的儿媳，她开着火红的马6停在边上。

朱婆问："你怎么来了？"

儿媳妇说："天快下大雨了，又是周末你还得拿孩子被子，我想你不方便，就来了。"

朱婆欣喜又有点责备地笑了："你这孩子不好好上班操什么心啊，我们可以坐三轮车回去。"

她们邀请林婶一起上车，林婶没上。

车上，朱婆把刚才与林婶的对话告诉了儿媳。儿媳说："妈，你以后与她疏远些。她儿媳和我同学九年，我太了解了，是个很努力很有爱心的人，怎么会对自己婆婆不好呢。一个人的好坏，在于平时的言行，而不是某个人说了算的。"

朱婆认真地点了点头。还想再说上一句：家和万事兴。

五分钟休息时间

她"倏"地一下把两只手放到身后，可已经来不及了，母亲已看到她长茧开裂的手了，母亲捧起她的手，突然眼圈发红了，哽咽着说："孩子，你受苦了。"然后低头快速地走向灶间。

父亲当作什么也没听见，没看见，默默地站在院子角落里打井水、择菜、洗菜，他花白相间的头发已被寒风吹得凌乱不堪。她知道，父亲每次在得知他们要回来时，总要骑电动车到十五公里之外最热闹的邻镇那个菜市场去买菜，几乎把市面上各种鱼、肉都买个遍，还有昂贵的大螃蟹、基围虾、新鲜泥螺等，好像她在自己家天天饿着似的，好像要买足十天半月的菜肴，好像她有几年没回娘家似的。

她感觉父亲的背又驼了些，白发也比之前多了些，洗菜动作缓慢了些。她走过去，明明知道父亲肯定会拒绝，但还是在父亲边上蹲下去，父亲抬起了头，命令道："不用你帮忙，我会弄好，去休息五分钟！"是的，父亲每天给她打电话都会说："不要太累了，记得休息五分钟。"所以，她再忙，都记得父亲的话，休息五分钟。

那五分钟里，她不管孩子作业，不洗衣，不做饭，不拖地，不做任何家务，甚至不接电话，就用这五分钟休息时刻做自己喜欢的事。用这最自由和轻松的五分钟，做自己最向往的事，别看这短短的五分钟休息时间，很多时候，利用这五分钟时间她会看书，认真地阅读几页，甚至做点笔记，如果恰好灵光闪现，就把关键的几个词写在小本子上，待有长时间空余时再完成一篇文章。那小本子不厚，却也不薄，里面的字密密麻麻，除了精彩段落，更多的是点滴细节描写。

有时候，她会用这五分钟时间听首歌。她是"70后"，听的都是老歌，四大天王是她曾经的最爱，尤其是刘德华和张学友的歌，她会静静地放空自己，全身心地投入其中，短暂抛开身边所有的事，常常不知不觉听得泪流满面。

有时候，她会用这五分钟时间，发一会儿呆，或听着淅淅沥沥的雨声，让自由的时间悄悄流逝。每逢阳光灿烂的日子，她就那么观看窗外鲜活的景致，心情也会像十八岁的小姑娘一样雀跃，思绪会飞得很远很远。

有时候她也会利用这五分钟时间，翻翻手机通讯录。哦，会发现通讯录里除了家人，已所剩不多，那几个曾经最铁的同学仍在，却不知道她们的电话号有没有更改，不知道那几个电话还能不能打通。有时她也刷一下微信，发现自己这一年来没发过一条朋友圈，也没在诸多朋友的微信里点个赞。有时兴起，她会在朋友圈里给朋友们连续点赞，有时就静静地看看，只在心里默默地给他们点个赞。有时阳光会使她一下子清醒过来。五分钟到了，有时，是孩子们的笑声或者丈夫催促的声音打断她的思绪，休息时间结束，该打扫就打扫，该烧菜就烧菜，该购物就购物。

她会扶正一下眼镜，挺直腰身，站起来，伸伸胳膊，很多这样的时候，儿子见状总会跑过来，抱抱她，亲亲她，然后问："妈妈，你休息好了？是不是先陪你亲爱的儿子玩玩。"她本是不爱玩小朋友游戏的主儿，但没办法，谁叫她是一个妈呢，哪怕是个落后落伍的妈，也得跟上孩子的步伐，陪孩子玩他们喜欢的游戏，省得孩子们嫌弃她，哈哈。哪怕，她玩得不好，不精，也得时不时地表示认同孩子，并时不时地抚摸一下孩子的头，表示夸奖。

有点跑题了，她现在在娘家。其实，父母给她的休息时间远远超过五分钟，至少五十分钟吧。那五十分钟里，孩子们会在朱家堂村四周的田野或小公园里尽情地玩耍。孩子的父亲有时候会陪伴他们，有时候也会一个人看一会儿电视。她呢，则在一个角落里看书或做笔记，有时候就在楼上的电脑间完成一篇文章。直到父母亲喊："开饭喽。"这时候，往往孩子们还不肯回来，有时依然会嚷嚷着能否在院子外的道路上再打个羽毛球，踢个足球。

饭后，一般情况他们都急着要回家。因为下午有不同的学习培训班等着孩子们，夫妻俩忙于分头接送，还得准备晚餐。当然，每次刚从娘家回去时的晚餐会非常方便，因为父母会把那些多买的鱼肉菜都分类装好放进他们汽车后备厢，还有部分做好的熟食也让他们带回，热一下就可以食用。

　　那样的晚上，她会多出几个五分钟的休息时间，在心里默默地感激父母。

五百万

老同学阿鹏来电，第一句话就是："兴宝，我得了五百万，打算去你们城里买房子，你帮我看一下买哪个小区好。"

人民教师朱兴宝吓了一跳，脑子里快速地盘算了一下，自己今年五十七岁了，参加工作三十六年，所有年限的工资奖金加起来也没有老同学说的那个数，估计再奋斗三十六年也达不到五百万。他轻轻拍了拍自己的胸口，似乎在压惊，回答："阿鹏，你别吓我，五百万？你发洋财了啊，成了咱村的首富？"

阿鹏哈哈大笑，幸福的笑声通过电话线从朱家堂村传到了文城市："发什么洋财啊，托共产党的福，我做梦都没想到过会有五百万啊。我这几天拿出十万元现金压在枕头底下，天天摸几遍呢。我们大林村的房子拆迁了，我家安置了四套，我卖掉三套，得了五百万，想给儿子在城里买一套新房，明后年结婚用。"

朱兴宝真心为老同学高兴，高声地回应着："好好，真好，我帮你一起参谋参谋，五百万能买一套黄金地段的豪宅了。"

两天后的周六，阿鹏拿着一张五百万的银行卡进城了。朱兴宝是他小学同学，一个朱家堂村，一个大林村的。他俩是最要好的发小，多年不见，在去年朱家堂小学毕业五十周年的同学会才得以重逢，并留下了电话号和微信号。朱兴宝是班级里的佼佼者，白龙中学毕业后考入了文城市师范学院，成了一名光荣的人民教师，现在是一所重点中学的副校长。而林阿鹏小学毕业后就务农了，现在农田被征了，他就在镇上骑黄包车谋生，有时打点零工，拿些周边工厂的计件产品回家与老婆一起做。他儿子大学毕业后在城里的一家外贸企业上班，在同单位找了个外省姑娘，夫妻俩一度忧愁买不起城里的房子，儿子小两口在城里上班总不能每天住到村里来吧，路上来回得两个小时呢。如今，房子拆迁解决了全家的燃眉之急。

林阿鹏很少进城，城里东南西北都分不清，好不容易找到老同学家的小区，门卫说让他登记，他都多少年没写字了，提着笔歪歪扭扭刚写了一个姓，朱兴宝就出来接他了。他搓着不擅长写字的双手，腼腆地笑着，提起两大袋年糕给老同学，朱兴宝说："来了就来了，背这么重的东西干什么？"

阿鹏摸摸早已秃顶的头，像小孩子一样地笑："小时候你不最喜欢吃煨年糕吗？"朱兴宝的心里一惊，是啊，他一直喜欢吃年糕、煨年糕，现在每天早上不是泡饭年糕汤，就是咸菜肉丝年糕汤，或青菜炒年糕，有时候也吃蟹炒年糕等，凡是年糕的各类做法，他都会，家里长年备着年糕。小时候农村只有过年时才做年糕，现在菜市场一年四季都有，而且花色更多。

阿鹏在老同学家放下年糕，喝了杯茶，就跟随兴宝去看房子了。一天下来看得眼花缭乱，他终于说："兴宝啊，你不用带我到处看了，你就帮我定一间，实话告诉你，我手上这五百万块钱，只要剩下十万元就够了。但你得跟我老婆说这房子就是五百万一套，不能说四百九十万。"

朱兴宝奇怪了，厉声问："你干什么，这不像忠厚的你啊？"

阿鹏于是向老同学娓娓道出故事。原来，他的父母早年分居，由他和弟弟各分一个赡养，父亲于前几年过世了，而八十五岁的老母亲仍住在弟弟家。这次拆迁，弟弟家包括母亲的房子，也分得四套。但弟媳妇把母亲的房子卖了，全款一口吞了，不给老人一分零花钱。弟弟是个老实人敢怒不敢言，老母亲偷偷地向他告状，他也不能明着向母亲，用弟媳妇的话说，他们负责给老母亲养老，有屋住有床睡，不让她饿着冷着，一个老人花什么钱呢？他呢，也不想让自己老婆知道接济老母亲，想把这十万元偷偷地存在老母亲名下，让母亲安心点，手上有几个零花钱，买点自己喜欢的东西。

听完老同学的讲述，朱兴宝瞅了他半天，不知道说啥好。突然，阿鹏又开口了，说："我家老母亲也喜欢吃年糕，我每年是自己淘米，浸米，做手工年糕，也就是想让苦了一辈子的老母亲能尝到自己做的年糕。"

朱兴宝不禁问："你就不怕这十万元让老婆孩子知道后他们都不高兴，与你闹吗?"

阿鹏说："不会，所以我才找你。我没文化，也没什么见识，不知道找谁，那天在同学会上见到你，你没有一点知识分子的架子，对我还是像小学时一样亲切。我相信你，不怕这事会被家人知道，哪怕知道了，我也只是为了孝敬自己的母亲，没有什么错，我不怕。"

见阿鹏说得斩钉截铁，朱兴宝带着这位身携五百万巨款的农民同学走向了一个高档售楼处。

青春之殇

五分钟之前，他还举着一张图纸，迎着接近正午的阳光眯着眼细看。当时，朱春就想，这个北方小伙子真不错，听说他有个青梅竹马的未婚妻，否则自己家里还有一个小妹，可以争取将他纳入朱家堂村。他看完图纸，转身交给朱春说："经理，有一个点位设计得好像不合实际情况，我再去现场核对一下。"

小伙子姓严名一峰，长春人，两年前大学毕业分配到此——文城市火力发电厂。谁知，就在他去现场对比的路上，看到检修车间外的绿化带有人在抱着水龙头浇草坪，此人却突然闷头倒地了，他毫不犹豫地跑过去，而在碰到倒地人的瞬间，他也一样被电倒在地。当后面的人再冲上来时，立即明白了是触电，拉断电闸，马上对他们进行心肺复苏救治，半个小时过去了，心跳停止不动，回天乏力！

当车间工人来电话说严技术员出事了时，朱春正拿着那张带着严一峰手温的图纸在研究那个点位，她怎么也无法相信刚刚还在眼前的一个鲜活的生命瞬间消失了。当她狂奔下楼时，120救护车揪心的声音从远处响起，越来越近，工厂里所有的同事都知道了，严一峰为救绿化工人而失去了年轻宝贵的生命。

二十年后，当朱春组织原来的同事们再一次聚首时，依然记得他那天讨论工作的情景，大家都记得他的音容笑貌。

接下来的一周，朱春作为出事人的部门经理，全程参加了后事处理工作。他的父母及未婚妻第二天从北方赶来。在父母悲怆的恸哭中，大家知道了原来严一峰是年迈父母的养子，他曾经许诺老人们在工作五年后将他们接到南方城市来，父亲的祖籍就在南方，落叶归根是毕生的愿望。谁曾想到，年轻的儿子却提前落叶归根了，白发人送黑发人的悲痛无法言表，看着严父严母的悲痛和绝望，朱春和同事们做到无微不至的陪伴、守灵，以及身后事不论大小都精心落实，尽力让老人满意。

将青春的骨灰埋在山水间，厂长亲自召开家属慰问会议，坐下来将抚恤金支票送到严父严母面前。支票上的数字是之前朱春与严家父母商量过，探过底的。严家父母安静而悲伤地收下了厂长的鞠躬，也收下了那张大额支票。谁知，严一峰的未婚妻却站起来，指了指自己的肚子说："我怀上严一峰的孩子。关于证明，过几天会去医院打来。"要求厂长再给她开张支票，还得给她安排一份工作，她要留在这个城市，与孩子一起留在有严一峰气息的这个城市。在场的人都傻眼了，这是厂长和所有人不曾预料的，幸好，厂长让财务部经理也坐在边上，随时准备着再开具另一张支票，以应对家属对抚恤金的不满，毕竟这个年轻的生命因工伤而逝。面对此情此景，厂长似乎也不知道如何应对，朱春却勇敢地站起来，坐到了身材苗条的未婚妻身边，亲切地问："如果厂长同意将你安置在我们工厂，你愿意接替严一峰的工作吗？听说你们俩学的是同一个专业。"未婚妻一愣，可能想不到有人这么快就能解决她的要求。很快，厂长叫上几个领导，包括财务部经理和朱春这个生产部经理，他们转移到厂长办公室。厂长表扬朱春的果断应对，也赞同她的处理意见，如果对方愿意可以破例招录她为正式员工，但支票不能开给她，如果她真的生下严一峰的孩子，到时再由厂党委集体讨论决定另外给予一笔抚养费。

当简短的讨论结束出来时，大家看到，严家父母的脸上有了一丝笑容，他们正在亲切地询问未过门的儿媳妇，准婆婆在摸她那并未凸显的小腹，似乎已经看到了孩子的未来，让她不要担心，如果厂里不另外给钱，他们也愿意把抚慰金给她和孩子，只要她能平平安安地把孩子生下来。朱春被老人纯朴的抱孙心切感染了，但未婚妻坐在那儿似乎无动于衷，脸上有泪水的痕迹，眼睛望向窗外很远很远的地方……

后来，未婚妻真的成了火力发电厂的正式员工，那个孩子却并没出生。听说严父严母在回长春时给未过门的儿媳妇留下了一笔钱，朱春不知道那对白发苍苍的老夫妻回程时是什么样的一种心境。

一年后，那未婚妻辞去了这边的工作，远离了所有的同事和严一峰的气息。听说在邻县找到了新工作。

　　每年清明，朱春都会约上几个同事去给严一峰上坟。前三年，都看到一束火红的玫瑰早早地放在坟前，后来就再也没见过。

　　二十年后，当朱春和同事再一次聚首吃饭时，不禁又想起了那一幕：严一峰正举着一张图纸，在仔细地研究，阳光正洒了他一身……

大上海

　　朱兴永是全村大名鼎鼎的人物，连朱大爷见了这个侄子都得敬他三分，几任村支书见到也得上前巴结几句。

　　按理说像朱兴永这样的人物是没什么烦恼的。有一天晚上老伴汤素芬用十二分的忧郁对他说："我感觉孙子有点异样，不爱与别人交流。不但与小区里的小伙伴没有交流，连在家与父母、奶奶都不交流的。"

　　从不操心家里事的朱兴永一下子呆住了。他那两周岁的孙子自出生后一直随儿子和儿媳妇住在城里的别墅里，由保姆和亲家母一起养育，偶尔老伴进城也去住几天。儿子朱涛和儿媳妇李旭都是留学归来的高才生，一个在证券公司上班，一个在外资企业做高管。按朱兴永的设想，他现在六十三岁，再过七八年，儿子在外面锻炼得差不多了就该回到自己家来掌门了。朱兴永平时工作繁忙，应酬亦多，与小不点儿孙子偶尔才碰个面，只是抱一抱就放下，孙子见到他似乎陌生得很，但也会笑笑，孙子的笑容特别可爱。用家人的话说，这孩子从小懂事、聪明，就是话少，常常安静地在一个角落里自己搭乐高。

想到此，朱兴永不禁疾呼："你们都在搞什么，一个小屁孩都管不好，这么大的事为什么现在才发现呢？"老伴被他吓得眼泪差点掉下来，回答："我早在怀疑孩子有不对，起先还怀疑过是不是保姆阿姨给他吃了什么，一个孩子怎么能如此安静呢。但上个月保姆老公得了重病，她已请假一个月了，这一个月来都由我和亲家母在带孙子，我俩都觉得太不正常了。"

朱兴永虽出身农民但还是见过世面的，前段时间，一个朋友还刚提到让他出一百万元资助星星的孩子。未承想，钱还没捐出去，自己的孙子变成星星的孩子了。

那一夜，偌大的别墅就老夫妻俩，在朱兴永打完一通电话后，安静得可以听到家里植物开花的声音，他们决定以最快的速度去大上海，找最好的医院最好的医生就诊。他一直以为，孙子是快乐的，他的笑脸总是那么可爱；他一直以为，孙子是自信的，他总在一个角落里把一堆小东西搭建成一座漂亮的建筑或拼出一个立体的图案。他想孙子长大后也能像自己那样实现自我价值，对社会有所贡献。

两天后，朱兴永亲自上阵，带着老伴及儿子一家三口提前一晚到达大上海，为的是第二天一早的会诊。到达时已是晚上十点，孩子在车里睡着了，看着熟睡中的孙子，他第一次真正地感到揪心，那是朱家的血脉，那是要继承朱氏五金集团大业的亲孙子。他让儿子和儿媳妇留下管孙子，亲自去办理入住手续。柜台里有个穿黑马甲的年轻服务员，柜台前正好也有人在办理入住手续。他吩咐老伴把所有的证件拿出来，老伴是个细致的人，早就把四张证件捏在手里，他不放心，抢过来自己攥着。终于，前面的人办完上电梯间了。这时，服务台的电话铃声响了，黑马甲接起了电话，对话是咨询酒店详细位置、价格、房间等情况的，三分钟过去了，黑马甲还没放下电话筒，朱兴永开始跺脚，没用，黑马甲依然在耐心地向对方解释，七八分钟过去了，终于挂了。朱兴永正要开口大骂，这时电话铃声又响起来了，黑马甲对他做了手势，说了句："对不起，我先接个电话。"这电话一接又放不下了。朱兴永抬起手腕看着手表上的指针，终于忍不住了，冲着黑马甲大声责问："你解释好了没有？我这边还等着入住呢！"黑马甲摁住话筒，说了句"稍等"。又继续波澜不惊地给对方做着指引。这分明是两个咨询电话，他却放着自己的顾客不顾。在黑马甲放下电话筒的瞬间，朱兴永终于暴跳如雷，愤怒地说要投诉。黑马甲却依然亲切地说："如果我不接电话，我也要被投诉，酒店规定工作人员必须在电话铃声响的第五声内接听。真的非常抱歉。"说完还诚恳地向两位鞠了一躬。朱兴永这个见过世面的农民声音总算低了下来，问："你们这大酒店，为什么只有你一个人呢？还大上海呢。"对方答："十点后，大堂只安排一个服务员，那是酒店的制度，我们也想领导多安排几个工作人员。"朱兴永不示弱，继续说："我不管，我必须投诉你。"老伴汤素芬也在附和，她无论在哪里都会与丈夫保持一条战线，这是农村夫妻最可贵的真情。

　　儿子从外面进来，示意黑马甲先办理手续。朱大老板还无法平息胸口的愤怒，儿子终于开口了："爸，妈，豆豆醒了，你们去看看他，我来。"一句话提醒了当爷爷的他，终于在刹那间停顿下来，好像这一切都是为了孙子。住这里不也是为了明早离医院近点吗。按他的财富至少住白金五星级宾馆，哪会住一个普通的四星级呢。他哪里不好省钱，在孙子身上是不会省一分钱的。

　　这时，儿媳妇抱着孩子进来，全家人默默地一起走向电梯间。柜台里的小伙子依然带着微笑，目送他们，突然，朱涛回来，向黑马甲说了句："对不起。"

　　黑马甲一下子被感动了，不知道如何回应。

民营企业家

　　那次去四川分公司，朱兴永一直隐隐地觉着有些异样。

　　他开着全镇规模最大的朱氏五金集团，光职工就有两千名，每年销售额达二十个亿，是全市纳税大户，还在外地开着两家分公司，由两个弟弟管理。

　　他当然算得上是全镇、全市的名人。哪里发生地震、水患、台风等灾害需要出力的，朱氏五金集团总是第一个积极响应，而且捐助的金额都不小。这不，前几年，上级部门要求优秀的民营企业到全国贫困县扶贫，朱兴永响应政府号召，在四川某地开了家分公司，听说那儿的土地、厂房都便宜，劳动力低廉，到了那儿才知道当地人太懒，工厂开了五年，年年亏损。也就他朱兴永是大户亏得起，换一个主早就跑了或撤了。但他朱兴永哪怕再亏也不会随便撤，他知道他的工厂代表白龙镇和文城市的形象。当时工厂落地则代表着文城市的扶贫结对项目在顺利进行，更重要的是他朱兴永本身是个慈善家，十年前他就捐给白龙镇卫生院一辆救护车。

去年，捐了一百万给白龙镇中学设立优秀教师奖学金。政府意欲报道宣传他，都被他一一回绝了。他说他的钱够孙子花一辈子了，有人劝他投资移民，他说他永远不会离开中国，而且也不允许儿子孙子离开中国。他在国外没有一分存款，也没有像身边许多企业家那样在香港或加拿大买房，他的钱以后会继续捐出来。他就一个独子朱涛，一个孙子朱豆源。他做慈善不想留名，只想积德给后人。

按理说朱兴永工厂的生意多年来蓬勃向上，各方人际关系也能妥善处理，他是没什么烦恼的，但最近他真遇上了大麻烦。

事情是这样的，按惯例，他每年要去四川的分公司视察两次。这是今年的第二次进川，他选择在秋季。

分公司地处盆地深处，秋季风景异常美。朱兴永这几年来爱上了慢跑，他在当地公司边上修建了一幢别墅，每次去就住那别墅里，平时只有大弟和大弟媳两个住那儿，帮着管理分公司。

朱兴永入住的次日，当太阳正要升起时，他就出发跑步去了，绕着小镇的沿山小路跑了十公里。跑步是他这些年来一直坚持的运动，回来还吃了一碗大弟媳妇做的酒酿红糖汆蛋，热乎乎地吃下去，浑身酸爽。

第二天，他继续同一个时间跑步。可直到太阳晒到屁股的时候，弟媳还没见他回来，为他准备的咸菜肉丝面早坨了。大弟与朱兴永一样爱早起，只是大弟起床后吃个早餐便走路去附近工厂上班了。朱家人向来是守时的，那是他们的父母从小以身作则教育的。当时大弟在上小学时，成绩优异，每天清晨学校都是他负责开门的，如今，哥哥工厂的大门也每天由他负责开启。而朱兴永本来是朱家堂村第三生产队队长，每天出工都是迎着太阳的第一个人。

大弟朱兴丰在接到妻子的电话后马上组织人员，并报告当地政府，在当地展开搜索。两个小时后，也就是正午时分，才在山沟里找到了他，当时朱兴永已奄奄一息。

跑了五年的沿山路，已相当熟悉，怎么好好地会落到山沟里去呢？警察经过三天三夜的侦查仍未找到线索，朱兴永在第三天的夜间醒了过来。推他下山沟的不是别人，正是他公司的职工，当地人黄南瓜。

黄南瓜家里很穷，脑子还算活络，他在朱氏五金厂干了四年，觉得这些废铁丝出售有相当多的赚头，就想着把朱大老板厂里的废铁丝都收了。这是好事，朱兴永兄弟俩便应允了他。而这一年来，黄南瓜也赚了点钱，想扩大经营，也做五金小作坊，为朱氏五金厂的产品做配套件。看到落后的山村有这样一位有经济头脑的农民，朱兴永本来是很欣慰的。在弟弟的引荐下，专门拨给他十万元启动资金，订了份协议要求三年内还清或者从业务费上扣回。这本是好事，成就一个人就相当于成就一个家，如果朱氏集团能在当地成就出一个新的黄氏五金厂，那更是功德无量了。可不久，村里有人来反映了，说那个黄南瓜，都四十多岁了，自己的亲生父母从未赡养过一天，朱大老板怎么去扶持这样一个忘恩负义之人呢？朱永丰接到信息后，亲自去村里进行了调查，发现黄家父母年老病久，黄南瓜夫妻就住在隔壁却从未照顾过父母，与同村的几个兄弟也是水火不相容，还拿走了母亲家里唯一的民国时期的大洋和一盏古老的铜灯。

得知详情的朱兴丰把情况如实向大哥做了汇报，朱兴永当即做出停止拨付十万元启动资金的决定，这让黄南瓜的小厂无法如期开工。于是，才有了朱兴永在清晨被推入山沟的一幕。

朱兴永躺在病床上思索：到底哪里出了问题？到底如何才能真正帮助贫困落后地区的农村呢？

上海之缘

中华人民共和国成立前，朱家堂村有很多穷苦的原住民为了生存去了上海，如今有一大批后代在上海繁衍，生活得很精彩。我们家也有很多亲戚在上海。

1981年，我第一次随父亲去上海，就是为了看望父亲的姨妈。年幼的我并不屑"上海"两字，母亲却一直鼓动着说："上海没有泥土，全是柏油马路，比我们朱家堂村不知道好多少倍。"母亲还给我讲很多关于她以前去上海的故事，因我外婆家六个兄弟姐妹中有三个在上海，他们都在上海当了工人，吃公粮，他们的后代也就是我母亲的表弟表妹们个个大学毕业，而像我母亲家九个兄弟姐妹，有两个半途回去了，剩余的七个除了我小舅，没有一个是初中毕业的。如今，农村各家各户上海的亲戚们都会在清明时节回来祭祖，同时带回来许多我们农村见不到的小零食。于是，小小的我被母亲的神话诱惑了，随背着大包小包的父亲一起来到拥挤的轮船码头。记得当时父亲说要是能用一根绳把我系在腰带上就好了。乘轮船的人实在太多，他怕我走散。好像我们这边去上海基本上走这条海运线。挤了一夜地铺，在汪洋大海上漂泊了一整夜。这也是我第一次感到父亲很不易（父亲当时在村办袜厂跑供销），因为我看到人家住在船上层的房间里，都有床有被，而且空气中还飘着一股香味（现在想来估计是当时的消毒水味道或香皂味吧）。而在我们底层，地铺四周因人多拥挤，加之夏天，弥漫的是各种骚臭味。当我终于踏上这个据说有很多文城市人在此创业的十六铺码头时，发现树根下、公园里不也有泥土吗？

　　父亲带我来到他的姨妈家，我喊她"上海阿娘"。那也是我第一次见到家人经常提起的上海亲人之一。当时的上海阿娘五十多岁，素雅的着装白皙的圆脸，可亲可爱的模样，热情洋溢，笑声爽朗，见到我第一句话就是要去楼下买馄饨给我吃！什么是馄饨？我这个农村小姑娘不知道。"不要吃？"上海阿娘惊讶："这小人很有主见，那雪糕好哦？"我也不知道什么是雪糕，麻酱棒冰在我从上海回来几年后才出现在我们那个老鹰不生蛋的小村庄。（当然，她永远是我最亲爱的村庄，虽然已化为泥土，我们曾经最不屑的泥土！但她在我及我们村民心中亘古不变。）回村后的第一个清晨，我便坐在了生产队仓库边的弄堂里，吹着清凉的夏风向村民们分送大白兔奶糖，向小伙伴们描述雪糕棒冰的味道，还有在上海动物园里看到水中大怪兽的惊恐心情——那是河马。村里的小伙伴们对看河马不敢奢望，却从此期待"雪糕"何时降临我们农村。我三叔原来做水产生意，不知道哪天开始从哪儿搞来一辆自行车，后面捆着一个绿色的木箱，里面有一个纱布包的棉团，裹的就是传说中的棒冰。三叔在经历卖雪糕后，又做绿化生意，十年后也住到上海大城市了，那是后话。

其实，我在上海的那一周，每天午觉醒来就哭着找父亲。上海阿娘告诉我父亲是跑外勤的，我问什么是跑外勤，她又告诉我说就是刨树，不刨的话就没钱。（很多年后，才知道父亲在上海街头摆地摊卖袜子，与如今街头摆地摊没什么两样，当然那时更难。）可我听了依然要找父亲，表哥放学回家就哄我。记得表哥当时在学跳水，长得特别帅，他是那种刚强有力型的男生，靠自学成才，一直在上海高端酒店从事管理服务工作。如今已五十多了，外貌身材依然保持年轻样，我想除了基因外，更多的是他这种自力更生、自强不息的奋斗精神，让他保持活力四射的状态！表哥算是土生土长的上海人了，因祖籍宁波，经常会回老家祭祖。上海阿娘身故后也埋到了故里，与她年轻的丈夫合葬。（前段时间，因白龙镇旅游开发需要，一部分祖坟被整体搬迁，表哥表姐全都回到了朱家堂村，举行了隆重的祖坟搬迁仪式）。大半个世纪前，一个年轻的寡妇拖着一双儿女来到陌生的大上海闯天下，其间的艰辛不是现在的我们所能想象的。距离上海阿娘闯荡上海半个多世纪的2020年8月，当我再次在繁华的南京路上闲逛时，心想：百年之前，这里已是世界上最大城市之一，却沦陷了，当时的老百姓会这么悠闲地走在外滩吗？估计他们大多是神色疲惫行色匆匆的吧。那些庞大的建筑群里面全是蔑视华人的金发碧眼鬼子。今天，走在街上的诸多外国人与他们当年的祖先们到底有多少区别？而我的那些最后驻足于上海的亲人，他们又是怎样度过了最黑暗的岁月？听说我外婆的父母原是从医的，但因家中人口众多，也有亲人在上海为富人甚至外国人当过"娘姨"（现在叫保姆），有多少沉浮的故事重孙辈的我们永远不会知道……

去上海总要留下一张照片。第一张是黑白的，就在那个动物园里，小小的我紧紧依偎在父亲的边上，估计当年是怕动物园里那河马或老虎之类跑出来吧。第二张照片是高考结束那年，我再次随父亲住到了上海阿娘家，当时上海阿娘已过世，阿娘的外甥囡也即我的表姐已结婚且育有一女，我就在表姐家住了一星期。表姐天天带着我到处逛、吃，这张照片就是穿着白底黑点裙子的我站在徐家汇的天桥上，背景是当时刚开业的东方商厦，样子有点土。晚饭后我一个人也去东方商厦逛过几次，那儿购物的大多是外国人，可见，当时国人的消费水平还是有限。但走在洋人周围，我从没感觉自己是来自农村的"土著姑娘"。

1999年，结婚前我特意去上海为自己购置嫁妆。那次，我们登上了东方明珠，在两百六十七米高空俯视，确有"会当凌绝顶，一览众山小"的豪迈感觉，彻底领略了这个国际大都市的繁华与壮观。受上海工作的老同学的邀请，我们在新开业的港汇听优雅的音乐，喝咖啡和浓汤，慢慢地咀嚼被称为比萨的外国大饼（当时我们的城市还没有比萨店）。我们还在港汇前合了影。现在翻出来看看，当时的我依然那么土，用上海阿娘的话说，是正宗的"乡下人"！记得她老人家大半生在上海，但八十多岁时依然满口农村方言。

如今，我亦到中年，多少次往返上海已数不清。但只要随父母前往，他们的一群表兄表妹都会出来迎客吃饭，父亲曾笑说在上海住一个月没问题，可以每餐找一个亲戚请客。是的，这些与父辈有着血缘关系的朱家堂村人，无论他们走多远，血脉相连，他们永远是从故土走出去的亲人……

宠物狗小奇

　　年轻时，朱盛夫妻从未想过要养什么宠物狗。

　　可谁知，人还没老呢，女儿在出国留学前，自作主张用过年时长辈们给的压岁钱，给家里买了条贵宾犬，说是给他俩做伴的。"空巢家庭难道非得用动物疗法吗？"他故作轻松地笑问。女儿嘿嘿一笑没回答，转身进房间看书去了。

　　其实，夫妻俩工作一直很忙，且平时都有自己的爱好。那些年，应该说自从女儿记事起，她就不停地说要买只小狗。小时候在公园里玩，看到有人遛狗，她一点都不怕生，经常上去摸一下，而那些陌生的宠物狗好像天生与她有缘，或者用女儿的话说，她生来能与狗交流，懂狗的语言，那些狗还真的不避她，显得很亲昵。他们曾笑她上辈子就是一条小狗。哈哈。随着年龄的增长，女儿对小狗从未失去一丝的兴趣，反而更加浓烈。有时去亲友家，要是遇到有养小狗的，无论是宠物狗还是家养的普通狗，她都爱与它们玩，且当即熟络，神奇得很。

　　这不，两个月后她要去新加坡了，总算找到理由狠狠地在家养了两个月小狗。当时她还只是一个高中生，但关于养狗的知识似乎很懂，不断在饭桌上给他俩普及相关知识，还在网上买了许多狗粮，狗的日常用品，尤其是各类衣服。天哪，那费用真不亚于养一个小孩。朱盛总算发话了："奇奇，你是不是嫌我们把你养得不够好，还要再养一个？"女儿嘟着嘴说："哪里，我纯粹是出于一片爱心，让小狗替你们解解闷。"完了，还对着小狗说："小奇，你要听爸爸妈妈的话哦，尤其是要听爸爸的话，爸爸是一家之主。然后，你重点要把妈妈哄好了，爸爸是最疼妈妈的人。那样，你就成我们家的爷啦。"说完独自在那儿捧腹大笑，朱盛都不知道自己什么时候有了个儿子，听着甚是别扭。这一时间内他们家多了一个孩子，老大叫奇奇，小的叫小奇？老婆在一边听了只翻白眼。

　　奇奇出国那天，也是抱着小狗，让狗一路送她到关口，入关时与他俩只是挥挥手，却把小狗抱在怀里，亲了无数次，朱盛实在看不下去，他都怀疑自己养了一只白眼狼。在起飞前，女儿在家庭微信群里告诉他们，小奇不是她买的，是同学家生了七只小狗，她同学家养不过来，才抱过来的，请爸爸妈妈大人大量，一定要善待小奇。

　　真是慈悲啊。

　　转眼五年了，他们即将退休，女儿已转去美国读研究生了。他们早习惯了与小狗一起生活的日子。每次与女儿通视频的时候，小狗比他们夫妻俩还积极，会及时出现在镜头前，女儿的越洋电话开头第一句永远是："小奇，今天乖不乖啊?"小奇居然看得懂越洋视频，会"汪汪汪"地叫上几声，甚至还亲昵地蹭向电子屏。

十年了，朱盛终于退休了，充分地感受到了十年来小奇对这个家的贡献。真的体会到了当年女儿出国前把狗抱回家的初衷。当年的小狗已变成老狗，十年来，它真真切切地履行着自己的责任。每当夫妻俩吵架时，总是朱盛先闭嘴，然后对小奇说："去，亲亲妈妈。"完了又说："走，跟爸爸散步去。"每每这时，妻子的脸色会从前一秒的愤怒瞬间转出一丝柔和，甚至懊悔。每当朱盛与小狗在外面溜达一圈回来时，一切已烟消云散了。

今天早上夫妻俩就因为做菜的琐事吵了起来。他说了句："炒的青菜年糕水太多，要略微焦一点点才好吃。"谁知妻子马上拉下脸，怒回一句："有本事，自己去炒啊。"然后"砰"的关上门又进了卧室。朱盛这么多年来真的不会烧菜，却很会品菜，是个正宗的美食家。妻子与他前后相差一个月退休，按理说这是最好的老来伴。可是，妻子认为朱盛从领导岗位退休，还没习惯失去下属的感觉。而朱盛认为妻子进入了更年期，脾气一天比一天嚣张。为了哄妻子，他带着小奇开车进了山里，在白龙镇最有名的南岳农家乐点了个红烧神仙鸡。其实，那是他昨天订好的，正宗的土鸡，早上活杀，是大灶上花了三小时用木柴文火炖的。这样的神仙鸡，朱盛只在小时候吃过，是奶奶送给他的成年礼。一只神仙鸡用三根烂稻草，一个瓦罐烧了一上午，那味道，永生难忘。

这也是他们退休以来最丰盛的一餐。

拿回家时，他故意悄无声息地猫腰进门，连穿拖鞋的声音也不敢发出一丝，想给妻子一个惊喜。看看墙上的钟才十点三刻，电饭煲的饭没插上，说明老伴还在生气。再看看门口，她的鞋子在，说明没有外出。又瞄了一眼卧房，里面好像没动静。然后蹑手蹑脚端着锅子快速地溜进厨房，揭开香喷喷的神仙鸡，并以最快的速度抓起一块肉扔进嘴里，其实，他根本不知道那是鸡身体哪部分的哪一块肉，那个香味早已让他失去了辨别的能力，失去了平日里高高在上的架子，他知道自己平时最讲究吃相，最讲究个人卫生。退休干部管不了那么多了，再尝了一口，真的美味无比啊，可以与奶奶当年烧得神仙鸡媲美。

正当朱盛沉浸在神仙鸡的美味中时，手机响了，是女儿的微信视频，守在主卧门口的小奇兴奋地跑到厨房门口汪汪大叫起来。十年来，它早已熟悉了微信视频的声音，家里也只会与女儿进行视频通话。朱盛打开手机，女儿美丽的脸颊就出现了，第一句话："小奇，你好，爸爸妈妈都好吗？中饭准备好了吗？"小奇看了一眼女儿的脸马上"汪汪汪"地朝主卧室跑去，但卧室的门仍关着，小奇用身子撞了进去，朱盛却发现妻子睡在床上未动，已然昏迷了。

小奇救了妻子一命，从此，它真正地成了朱盛家的爷。

美　甲

　　腊月廿三的清晨，村口开来了一辆艳丽的大红跑车。"突突突"那声音响彻全村，正戴着老花镜在温暖的阳光下补袜子的沈奶奶不禁放下针线捂住了耳朵。

　　车子却开进了她家院子，稳稳当当地停好了，下来一位身穿灰色长羽绒服，下着黑色裙子及靴子的摩登女郎，不是别人，正是沈奶奶家的小孙女朱如晶。

　　"哎哟，你还想让你奶奶多活几年不？"沈奶奶摘下老花镜总算看清了眼前的人，粉白的脸上涂了一层金色的红晕，嘴唇也是闪着光的红晕，指甲更是红晕当中还夹着钻石耀眼的白光。当然，这些都是奶奶摘下老花镜后的糊涂眼见到的，如晶只是略施粉黛，稍作打扮而已。奶奶是位多年吃素念佛的老太太，小儿子多年前就在文城市当了一名教师，姑娘大学毕业自己开了两家店，分别是美甲店、奶茶店。

　　"奶奶，你好啊，想不想我啊？"小孙女调皮地问道。

　　奶奶不接她的话，继续问："新买的车吗？这么刺眼的?""奶奶,你不老是说大过年要红红火火的吗,今年生意红火,明年本命年,我给自己买了新车,可没坑我爸妈一分钱哦。"说着边从车上拿下来一堆东西,有热水袋、羊羔毛衣服、围巾,还有手写的对联。

沈奶奶:"又买那么多东西干什么?不好省着点,下次买嫁妆。"

"嫁妆的钱不是你会发大红包的吗?"孙女上来哈哈大笑,一边把一条红色的格子围巾绕在奶奶脖子上,然后又把米黄色的羊羔毛大衣给奶奶披上。

"非把你奶奶弄成老妖怪不可吗?去年买的羽绒服还好好的呢。"奶奶嗔怪孙女,这场景,不知道的人以为奶奶是小孩,孙女才是大人。

"哎哟,奶奶,这一身穿在你身上可时尚了,朱家堂村的老妇人你是数一数二的,气质超过朱太太了。"孙女口里的朱太太就是从上海搬回村的朱晓叶女士。

"对了,晶晶,这衣服和围巾你该转送给朱太太,适合她。"沈奶奶说着把身上的东西剥下来。

晶晶却神秘地说:"我知道,这次我要让朱家堂村的妇女们都过个漂漂亮亮的新年。"说着,又从车子里拿出几个箱子,然后,大声说:"奶奶,我去搬张桌子,今天天气好,我就在门口营业。"

"营业?营什么业?"奶奶不解地问。

"我等一下先把隔壁婶子去叫来,我给全村妇女免费美甲,奶奶,你来一个不?"

奶奶摇摇头，她的眼睛盯住孙女的指甲，她每次回来指甲都是不同色彩和造型，一次比一次夸张，沈奶奶劝："小祖宗，别折腾，朱家堂村妇女们都是实实惠惠的，不要给你弄得妖里怪气的。"

"为什么不可以啊？奶奶，你自己不也经常去寺院做义工、在村里做好事吗？我是向你学习，免费给村民服务，不好吗？"

"做好事当然好，但你这个好事，没人需要。"沈奶奶坚定否认。

"我不信，你这么说，我还真的去找朱太太，她是来自大上海的大家闺秀，我第一个先去她家。"

说着，晶晶把送给奶奶的东西都放进屋里，拎着两个白色箱子往朱太太家走去。

半小时后，还不见孙女回来，沈奶奶坐不住了，迈着小步子来到朱太太家。一看，她家院子里居然有好几个妇女在那儿，中间坐着的是朱太太和小孙女晶晶。朱太太见到沈奶奶过来，连连夸奖："她奶奶，你快过来啊，看看我的手，漂亮不，晶晶真是个好姑娘，我这老太婆可是第一次赶这份时髦啊。"沈奶奶戴着老花镜，远远地也看不出朱太太的手有什么变化，走近了仔细看，才发现朱太太的指甲呈淡粉色的，好漂亮，衬得老人那双满是皱纹和老年斑的手更白了。朱太太还在那儿说："晶晶，给你奶奶也美一个。"沈奶奶连连推却："不行不行。我一个农村老妇人，不要弄这新鲜的东西。给几个大婶美一个吧。"边上的大婶大多五十岁上下，大家七嘴八舌地都在那儿挑色彩，晶晶在给她们一个个做介绍和建议，她还说："如果大妈大婶们喜欢，我每隔半年给大家服务一次。"有位大婶看了看晶晶，小心地问："是不是这次免费，下次要收费了？我女儿与你差不多年纪，每年也美甲好几次，还有脚指甲也美。她说最便宜也要一百元，贵点的好几百元呢。"晶晶故作玄虚地说："嗯，关于收费嘛，让我想想，这样吧，今年全部不收费，等我什么时候来朱家堂村开个分店，长辈一律不收费，但对四十岁以下的嫂嫂姐姐收费，怎么样？有意见不？"

那些大妈大婶点头不止，大声地欢呼："好好！"一个个都痒痒地伸出了手。

农民画家

她不知道会在哪个场合再次见到他。这样的画面，她曾想象过无数次，始终想不到会在那儿见到他，最后对方还成了她的亲家。

他不是别人，是朱家堂村四十年前最帅的才子朱兴才。而她曾是下放到朱家堂村的最漂亮的女知青，他俩深深地恋过，爱过。她以为自己会一直依偎在他身边，直到他头发花白时。

他是贫农，她是省城的知识分子，最终她听从父母的召唤如期回到了省城。自她回城后，再也没见过他。

起初，他只是朱家堂村一个普通的放牛娃，只是他天生喜欢画画。经常边放牛边拿一块石头在地上随便画，时间久了，村民们发现，他画的花草树木、小动物都有模有样，活灵活现。后来，他开始画村民，一个个形象生动，跃然而出，大家鼓掌叫好。有一次他画了伟大领袖毛主席像，惟妙惟肖。老村支书知道了，请他把毛主席画到墙上去。周边村里知道朱家堂村出了个画画能手，都来邀请他给自己村的墙壁画上主席头像，后来，甚至连公社领导也来了，让他把主席头像画在公社会堂中央。消息不胫而走，县文化馆知道了，邀请他到县文化馆里去画。从此，他由一个放牛娃转变成了一个农民画手。

她曾是他的模特儿。有一次，她要求他画一幅关于他俩的画，因为两人在一起时，她总喜欢躺在他的怀里去揪他的耳朵，那样他的吻就可以在不经意间落入她的唇，而他当时却害羞不肯画。

她不知道，她当年的离去着实激怒了他。从此，他更加地发愤图强，几经起伏，终于从一名农民转正为县文化馆的事业编制干部。

几年前，她曾在百度上输入他的名字，发现他展览无数，获奖无数，早已从一名农民画家蜕变成了一名优秀的中国山水画大家。他的画里有农村，有城市；有山亦有水，有人物也有风景。成绩斐然，业内人士给予他高度评价，他已不再是从前的那个农民画家。

时光飞跃到21世纪初，她已是省委宣传部的一名局级干部，因工作需要参加一个美术展览会。

那天早上出门前，不知道为什么，她从抽屉里翻出了数十年前的一方红色小围巾。其实，自从回城那天起，她都不再戴它，不是不喜欢，是怕弄脏了，围巾的神圣只有她自己知道，一直深藏在一个不起眼的角落里。她隐隐有了某种预感。

当她走近展览馆时，真的看到了那个熟悉的身影。一晃三十年，虽然他已头发花白，精神却饱满，气度不凡。她知道自己有女领导的风范与气质，气度并不亚于他，但在他面前好像缺失了点什么。难道是她当年负了他？不，她谁也没负。那是时代的悲剧，是命运的安排。

在致开幕词后，她依秩序与各位画家握手表示祝贺。当站在他面前时，她并没有见到她无数次梦见的魂牵梦萦的深情和喜悦，他只是礼节性地回握了她的手，点头致谢而已，似乎他们不曾相识过。

展厅中央一块面积较大的区域全是他的画，从画里她再次看到了三十多年前原始的朱家堂村，也看到了振兴后崭新的朱家堂村，她被画中景象所吸引，重游了她所熟悉而又陌生的朱家堂村。突然，她在一幅乡土风景画前停住了。原野上，一排排金黄的草垛前，有一位身穿浅色上衣、颈戴红色小方巾、长辫及腰身的年轻姑娘和一位年轻的男子相互靠在草垛间。男子左手怀抱女子，右手握画笔，手伸向天空，头部侧着，因为他的右耳朵正被年轻的女子用右手揪着，脸上呈现痛状或者说正在讨饶，但那疼痛里却满含幸福又轻盈的笑容。而女子的另一只手紧紧扣在男子的肩膀上，抬头半依偎着，脸上尽显调皮、可爱、俏丽的羞色，好像正在等待对方的回复。画面中，似乎传来一串串"咯咯咯"的清脆笑声。

她被惊呆了，突然间，迅速地捂住了嘴巴。旁边一同参观的同事以为女领导也随着画中年轻女子捂嘴大笑，有人也莫名地跟着发出了一串"咯咯咯"的笑声，有更多的声音在称赞此画的神韵与和谐。

　　离她几步之遥，一双眼睛一直紧随着她，她的所有表情都不曾离开他的视线，只有他知道，她在哭。

　　展览结束后，她通过相关部门想买下那幅题为《埃心》的画，收到的反馈都是，作者说，不卖！此画无价。

　　结局出人意料，就像我在文中第一句里提到的，他俩成了亲家。她的儿子娶了他的女儿，她与他居然都没有反对。

　　孩子们大婚之日，他把那幅获得无数声誉的《埃心》作为嫁妆挂在了女儿新房的大客厅里。

林贻的育女经

林贻，何许人也，朱兴强的老婆，朱晓咪的妈。

林贻是全村能说会道的大妈之一。二十年前，林贻每说一句话都会遭到女儿朱晓咪的攻击。那时她的女儿才十二三岁。

林贻嫌弃老公朱兴强不会挣大钱，经常到婆婆和大姑子那儿去闹，每闹一次婆婆就给她一些钱。

这是林贻不知道第多少次去向大姑子要钱了，大姑子家也有一对龙凤胎孩子要养育，曾抗议："我家没钱，也没义务养你们家。你到底要怎么样呢？我弟只有这个能力，不管怎么说，他赚的一分一厘全上交给你了。你们家上次造房子向我借了两万元钱，五年过去了，至今天没还我呢，你还想怎么的？"

而林贻是个不讲究脸皮的人，或者说朱家堂村的猪皮都没她的脸皮厚。过段时间她又会向大姑子借钱了，说老公要买摩托车。大姑子差点背过气去："你们家没钱就别买摩托车，为什么要逼我借钱给你们呢？"

林贻嚷嚷："那是你弟要买摩托车，你是借钱给你弟，不是借给我，搞清楚点。"

大姑子回应："我弟要买，是他的事，我没钱可借。"

林贻没有生气，依然理直气壮："你不借钱给他买摩托车可以，不买他没法去远处工作，那就没工作，就没收入。没收入，我就与他离婚，你看着办吧。"说完头也不回地走了。好像大姑子真的欠了她家三生三世。

第二天，朱兴强灰头土脸地跑到姐姐那儿把事情重新哭诉了一遍。最后，姐姐无奈，东挪西借给弟弟五千元，说："下次再也别找我了，真被你们家折腾死了。自己家里的事还没四处向人借过钱呢，却常为了你这个弟弟家的事到处点头哈腰，我怎么有你这么个窝囊的弟弟，我自己也有一个家庭，我在你姐夫那儿怎么抬得起头？"

朱兴强抓着头皮，听姐姐唠完，接过姐姐的辛苦钱回家了，心里还没心没肺地自我安慰一番：晚上总算能睡个安稳觉了。

拿到五千元钱的林贻并不因此消停，还在骂朱兴强无能，抱怨大姑子以长姐的身份教训她。正在边上做作业的女儿朱晓咪"砰"的一下拍了桌子，皱着眉头喊："烦死了，你能不能不说了，怎么说大姑也把钱借给我们家了。"

林贻还在争论："那她不借给我们谁借给我们啊，她可是你爸的亲姐姐。"

朱晓咪说："那你为什么之前借的钱不还人家啊？你不要脸，我和爸爸还要脸呢。去年我们家土地征用你明明拿进了四万元，为什么不拿出来先还给大姑家，为什么现在反而还要向她借钱？"

林贻马上冲过来捂住女儿的嘴，说："祖宗，小声点，这点钱是用来给你上大学用的。"

"妈，我读大学还有两年呢，先把欠人家的还了吧！"女儿转用央求的语气对母亲说。

林贻态度坚定地说："不还，我就是不还！"

十二年后。

朱晓咪二十九岁，林贻五十三岁了。

朱晓咪嫁了一个有才能的丈夫，白手起家开创了两家外贸公司及一家汽车配件厂。她和丈夫打算移民了。

当全村人都知道朱晓咪一家要移民时，林贻才知道亲生女儿要移民了。

林贻急急地赶去问："移民这么大的事为什么不事先与我，还有你爸商量一下？"

朱晓咪说："你不会外语，有什么好商量的，难道我把你们二老都带去国外生活？"

林贻骂："我养了一只白眼狼，怎么说我是你亲妈，你爸是你亲爸吧？你们移民了我们下半辈子怎么办？"

朱晓咪摊开双手，翻了一下双眼："你们要怎么办？原来怎么生活还是怎么生活啊，我们移民不妨碍你们的。"过了几秒钟，接着说，"钱都是我老公赚的，我们公婆都不带过去，怎么能把你们二老接去国外呢？我做不了主。"

林贻傻了："这是什么理啊？原来，你们眼里没有父母，扔下我们四个老人不管了?"

正说着,朱晓咪的公婆也闻讯而来。林贻拉着亲家母的手想告状,但她不知道说自己女儿的不是好呢,还是说女婿的不是好。她真正体会到了女儿的不仁不孝。

亲家母却主动开口了,指着林贻的鼻梁骂:"我不知道你是怎么教育女儿的,我们家瞎了眼,结了你们这样的亲家,现在我们一个好好的儿子都被你女儿给带坏了,赚了钱不知道孝顺父母,还要卷着钱财跑到国外去。我们都是七十多岁的老人了,却看不到儿孙,他们移民到国外去,我们走不动了怎么办?我们的根在这里啊,她怎么就不留恋生她养她的土地呢?走到哪儿,都是朱家堂村的子子孙孙呐……"

亲家母的骂声噼里啪啦地砸下来,骂得林贻狗血喷头,莫名其妙,林贻觉得怪委屈的,却不知道如何应对。

为谁而活

　　第一眼见，你会认为，她就是个标准的农妇，大花的衣服，粗长的马尾辫，唯一能识出有点干部形象的就是那副架在鼻梁子上的红色框架眼镜，就像半个世纪前插在知识分子口袋里彰显身份的那根灌满墨水的钢笔。还有不同的是，她的脸上毫无表情，这才是她与农村妇人本质的区别。

　　她到底是谁呢？让我来揭开谜底吧。

　　她叫王幼芬，一名省部级国企机关干部，退休之前是专门从事国企工会工作的副主席。听说她饱读诗书，这点，有她在朱家堂村的农家别墅里一楼到三楼每个楼梯口堆满书为证，她的一对双胞胎女儿都是在书堆里长大的。如今，一个在上海工作，一个在文城市图书馆工作。

　　那年，两个女儿正读大学二年级，她的丈夫，也就是文城市唯一一所大学文城大学的朱教授与他的女研究生勾搭上了，想把娘仨同时给甩了。按理说，朱教授当时也五十岁的人了，为什么还要抛下糟糠之妻呢。朱教授对王幼芬说了一句话："你只知道节约节约，都不知道打扮一下自己；只知道家里家外忙，不知道照顾老公的那颗心。"王幼芬被说得噎住了，半天回不上一个字。结婚二十多年来，朱教授除了搞好他的学术，家里的事一概不管，包括两个女儿的吃喝拉撒，他从来不曾关心过。现在她熬成黄脸婆了，却成了朱教授叫她下堂的正当理由。令女儿们奇怪的是，母亲一点也不沮丧，以一名国企干部的硬朗姿态，在女儿们毕业参加工作后主动提出了离婚，并将朱教授赶出了家，他的任何一件物品都没有留下，全部打包被扔到村口。村民们看到教授灰溜溜地离去，而非脸上闪耀着年轻"小三"的光芒雄赳赳地去结新欢。

离婚的第二天起，王幼芬把自己那条结实的马尾辫修理了，烫成一个最时尚的大波浪，还染成微黄；把衣柜里所有的大花衣服毫不留情地扔到了"不可回收垃圾"桶里。在从上海赶回来的大女儿的陪同下在市中心高档商场里把中年女人能穿的衣服全给买了回来。大女儿朱烨用大都市的风格重新装扮了母亲，站在镜子前，王幼芬都快认不出里面的人是谁了。回到村里，大家当然同样认不出眼前的人是谁，还以为朱烨带来了一个上海的远亲。当看清时，有人惊讶得发不出声音来，有人说她早该这样打扮，有老人却说："造孽啊。"

造孽不造孽，王幼芬心里比谁都清楚，她半辈子买的衣服还没有这一次买得多，买得贵。虽然，这么多年来，她自己省吃俭用，但对于前夫朱教授的穿着都是精心挑选的，完全符合教授的身份。或许，正是因为她一直把朱教授当儿子来疼爱，所以，朱教授投入他人怀抱时，也不曾想过这样的不忠不义之事对原配妻子会有多深的伤害。正因此，离婚时，年过七旬的婆婆心明眼亮坚定地与儿媳妇站在了一起。

除了婆婆的支持，王幼芬还有两个女儿作为坚强后盾。小女儿朱文凭借自己的学历和工作优势，建议母亲在白龙湖边上承租了三间小屋，开设了"临湖书吧"，成为白龙镇文化建设的一块招牌，并受到政府的大力扶持。

五年来，王幼芬将原先组织建设工会活动的所有力量和经验充分地调动起来，加上女儿们的倾力相助，"临湖书吧"成为助力乡村建设的一道亮丽风景，成为白龙镇旅游景点对外宣传的特色名片。市文联还经常邀请各地作家来"临湖书吧"分享阅读心得，举办各类文化沙龙。尤其在双休日，"临湖书吧"人气满满，有些是冲着名家来听创作分享的，有些是带孩子们进行亲子阅读的。沙发上，角落里，阳光下，大家尽情地享受着美好又悠闲的书香时光。中途，王幼芬还会让小女儿将新做的手工烘焙点心和咖啡等饮料半卖半赠地请阅读者们共享。有时，母女俩也会捧一本书阅读，日子就在这样的美妙中悄悄流逝。

一个受过伤的中年女人，在卑微的岁月里并没有沉沦和颓废，相反，逆势而上，迅速成长，让自己的生活获得炫目的光彩，让女儿们和乡亲们为她击掌叫好。

朱教授那边传来消息，据说，两年前他的小妻子又给朱教授产下了三胞胎，还都是带柄的。

如今，朱教授逢人便问："我为谁而活？"

味　道

　　她的脸已完全变形，脸颊两边的肉像豆腐般松松垮垮地挂着，似乎一不小心就要落到地上，摔得粉碎。那双曾经无比美丽又动人的俏眼，眼睑下垂，神色忧郁，面色灰暗。看得出，她在努力向每位同学微笑并招呼。说真的，要不是她主动自报家门，我还以为她走错了场地，怎么也无法将她与三十年前的校花联系在一起。

　　这，是我们的班长吗？相信全班同学在心里都会打一个大大的问号。

　　我却听到了边上一位女同学在惊讶一分钟后，大声地恭维："哦，班长啊，我们的大班长，依然那么年轻和漂亮……"

　　紧接着，一位男生，某机关的处长，落落大方地上前，与班长握了握手，开口道："美女好！"我相信，他叫家里的奶奶也是美女，美女没有年龄和相貌之分，这只是他的口语而已。

我啥也没说，因为我压根不知道说什么才好。按理说我是本土作家，不应该词穷，但此时我觉得，那些赞美与同情的语言都苍白无力。

虽说大家都多年未见，但关于班长那位副市长丈夫一年前以身殉职的事，全市人民无人不晓啊。报纸、网络、各家新闻媒体长时间大幅度地报道，这位脱贫攻坚战中的优秀代表，在走访结对扶贫村庄时，不慎从山崖高空坠落，当场殒命。

看着班长用她那慈悲的笑容应对所有的虚假问候，我的心生生地发疼，眼泪都快要掉下来。我们也有二十年未见了，我走过去，给了她一个无声的拥抱，用双手在她的后背轻轻地拍了许久，她紧紧地回抱了我许久，当我俩再分开时，发现彼此的双眼已经潮湿变红。她拍了拍我的手背，深深地吸了一口气，说："一切都好，都好！"像是对我说，又像是对自己说。

那天的晚餐，我一直坐在班长身边，只是保持着我一贯的冷漠和平静，中间给她夹了几次菜。坐在班长另一旁的是副班长，一直对她嘘寒问暖。全班同学都清楚，副班长在高中三年间为班长冲了三年的热水瓶，替她在食堂排了三年的队。因为我和班长同寝室，上下铺，关系最为亲密，这期间我也受益颇多。高三上学期，班长的右腿受伤无法行走，是副班长背着她上下楼梯，达半年之久。但班长从来不曾动心过，这点我比谁都清楚。有同学说班长的心真硬，像一块石头焐不热融不了，只有我明白班长心里住着她的发小，就是我们朱家堂村的朱桥。当时，朱桥随军官父亲去省城念高中了，他早与她约定一起报考复旦大学。老天庇佑，他俩愿望成真了。

班长考到了上海，我却在本市的一所中专学习。除了参加过彼此的大婚典礼，后来我们几乎不曾见面。班长与朱桥结婚后一直在省城工作。两年前，因朱桥调任文城市副市长，他们才合家举迁回到故里。因为之前一直在省城，所以，他俩决定把家安在老家，与独居朱家堂村多年的老母亲同住，以弥补这些年对母亲照顾不周的亏欠。

谁会想到，二十年后，正当他们的女儿也考入复旦大学之时，朱桥却在女儿报到的那一天永远地离开了。本来，朱桥是答应陪女儿去学校报到的，他们夫妻俩也想回母校看看，但因组织上临时有工作安排，一个重点扶贫项目需尽快落实。在扶贫攻坚的紧要关头，他毫不犹豫地选择了工作，出差去了结对贫困地。

当班长接到朱桥单位的电话时，根本无法相信事实。她强烈要求接回丈夫的遗体并放到老家的客厅。朱桥已有三个月没回家了。他每次回来，都累倒在床需要先睡一会儿。只要回家，他都会买很多菜和点心，把冰箱上上下下塞得满满的。晚上，还给老母亲洗脚。每次，她都亲自送他回城，把干净的衣服放到他单位的宿舍里。也曾学他的样，将他空空如也的冰箱塞得满满的。但过一段时间再去，发现他根本没动过冰箱，一日三餐只在食堂解决。是啊，他哪有时间自己烧饭呢，加班加点成为常态。出事后，她从来参加葬礼的老百姓的哭诉中才知道，丈夫每天早晚只要一有空就在城内各个社区监督垃圾分类工作，亲力亲为，做好垃圾分类宣传；他利用所有的休息时间骑着自行车走遍了文城市的大街小巷，充分了解了民生民情；还为老旧小区改造电梯四处协调，在他的积极奔走下，已有两个老小区成功安装了两部电梯……

事发一天以来，她亲自安排着丈夫的后事，有条不紊，坚强有力，一声不响地在那儿忙前忙后，但却始终未离开丈夫的身边，令在场的亲友同事大为不解。

当女儿从上海赶回来，进门见到躺在屋中央的父亲，大声地哭喊着扑上去，泪流成河："爸爸，你怎么了，爸爸，你睁开眼看看我是谁？我是你最乖的小棉袄……你说过要永远牵着我的小手，你说过要送我步入婚礼的殿堂，你为什么要提前离去？你走了，我和妈妈怎么办啊，我去哪里呼喊您……"

这时，她才发出一声悲啼，当场晕厥过去……

这些，都是那天晚上班长和我住在宾馆里，她主动告诉我的。我无意问她，是怕再次勾起她的伤心事，可她毫无保留地说出了当时自己和女儿的所有悲痛细节。她说，她最难过的是丈夫单位的同事把他的血肉模糊的衣服洗了，他们不该洗他的衣服啊，他们不知道她有多久没有闻到丈夫的味道了！

班长说这句话时，天已快亮了，我看到她的两眼一眨都不眨，凝视着宾馆的天花板，她的目光似乎在追随着什么。

我似乎仍看到了毕业那年，刚好十八，青春绽放初始，班长越来越漂亮。无论她变得如何，在我的心里她依然是最漂亮的班长，最美丽的校花。

那个萤火虫飞舞的夏天

那天，儿子捧着一本史书，突然问我："妈妈，你们家有没有清朝出生的人，而那人又是你见过的？"

我内心细细一算，答："有，我的曾祖母，约出生在1896年。她走时，我三年级。"

其实，我经常想起出生于晚清时期的曾祖母，我们都叫她太太。

爱好文字这么多年了，我还是第一次认真写关于曾祖母的点滴，但似乎所有的记忆一下子都复活了，甚至闻到了她老人家房间里那清冽的味道。

记忆中，曾祖母个头矮小，后脑勺总是绾成一个干净的髻，黄色的脸庞，脑门特别宽亮，一双大眼睛总在微微地笑。她永远穿着蓝色的对襟衫，似乎一年四季都只穿一个色彩，独居在四爷爷家内的右侧小房间。四爷爷是我爷爷最小的弟弟，是曾祖母最么的儿子。曾祖母育有六个孩子，四儿两女，我爷爷排行老二。爷爷下面还有两个妹妹，那小妹妹简直就是曾祖母的翻版，也活到了八九十岁的高龄。至今，爷爷的大妹还住在邻村，一百零二岁，长相清秀，思维灵敏，身体健康。如果曾祖母当年不自求往生，说不定也能活到这个岁数。

扯远了。话说曾祖母的那小房间朝北，较暗，屋顶有一块玻璃，有时阳光会照进来，但似乎仍很难看清屋内的色彩，里面总是呈现暗色，有几个暗色柜子，一张暗色的大床摆放在北面最里端，地面由青石板铺设，春天经常会潮湿。当我能记住曾祖母模样时，她早已进入暮年，牙齿早就掉光了。她所居住的那间小房却是我们小朋友最喜欢去的，为什么呢？一方面，当然因为曾祖母很喜欢我们这群曾孙；另一方面，她总会变戏法般地拿出一些当时我们各家都没有的小糕点。在那个物质贫乏的年代，一大群堂兄弟堂姐妹放学后，肚子都会饿得咕咕叫，跑回家首要的一件事就是摘下家中梁上的饭淘箩，如果有冷饭，就会快速地用手拿一块塞进嘴里，边偷吃边担心被母亲发现而挨骂。如果在自己家找不到冷饭块，那么小伙伴都会第一时间跑去曾祖母那儿。

曾祖母的厨房离卧室仅十米。其实，就是在四爷爷家斜对面，四爷爷家紧挨着三爷爷家，四爷爷家在西侧，三爷爷家在东侧，曾祖母的厨房就在三爷爷家的正对面。那厨房小而紧凑，朝北一个小门进入，右边只有一头单眼土灶，边上一个案头是专门用来切菜的，灶左侧便是一个小灰缸，而门对着靠墙的是一张吃饭的小桌子，仅此而已。夏天，厨房里异常热，但我们放学后依然爱大声地喊着"太太，太太"朝曾祖母的小厨房跑去。她老人家总是高兴地欢迎我们的拥入，踮起小脚，掀起单眼土灶上的小锅盖，里面往往有一锅金灿灿的南瓜粥等着我们。如果是冬天的话，她就会事先在灰缸里埋一个陶罐，只要一进入那小厨房，粥香满屋弥漫，曾祖母会给每个小孩一人一只小蓝边碗，在上面放入一滴酱油。这味道，是人间至美，大家吃完粥还不忘把碗四周舔得干干净净，而且得重复几遍。我最喜欢喝粥上面那层厚厚的油，太太会照顾我这个小精灵，总是把最上面的那份留给我。由于曾孙辈人数众多，有时太太的小陶罐烧的粥不够吃，她又会踮着小脚走到卧室里，从那里拿出一些小点心让大家继续分享。那些小点心，一部分是儿孙们孝敬给她老人家的，她自己舍不得吃，有些是邻里拿来报答她的。因为曾祖母有一门神奇的手艺——接骨。乡里乡外，甚至几十里外的人都会半夜三更跑到我们村庄来请太太给接骨。太太接骨的手艺不知道是谁传她的，但我亲眼见过，有一个外乡人，来的时候整个手臂下垂，动弹不得，痛苦万分。只见太太摸了摸那个人的手臂，不经意间突然拿起来，猛地一摇，"咯"一声，随着对方的尖叫，太太便轻轻地吐出一个字："好。"然后，那条手臂可以上下左右活动自如了。对方露出惊喜的笑容，会拿出钱来感谢太太，但太太从不收钱。于是，不久后，对方还得来一次，是专门来酬谢太太的。有些近邻知道太太不收钱，在来之前，就会带些点心或土特产送给她老人家。这些小东西她是会收下的，我们这群曾孙就一饱口福，吃得有滋有味，天天往太太的屋里钻。而我们好像从来没见过太太自己吃过什么零食，哪怕她做的粥，从来都只见她在旁边忙碌着给我们盛粥、洗碗，自己从不沾一口。这是我现在才回想起来的，当时年幼从来没想过要回馈给太太半口好吃的，我们这些子子孙孙是多么的不孝。

我姐姐五年级时，有一次，在学校的运动中脚受伤了，回家后整个腿已肿胀得很厉害，当时又恰逢毕业年，太太听闻后，穿着布鞋，踮着小脚急急地来到我们家，仔细地在姐姐的腿上左左右右捏了一遍，完了，她老人家却叹了口气说："不能接，明天只能找城里的陆氏兄弟了。"陆氏是全市闻名的骨科医生，能用中药敷治断腿。当时，父亲是生产队长，每天出工比谁都早，只有母亲每天背着姐姐去上学，有时是我的叔叔背姐姐上学。除了母亲，最关心姐姐腿伤的还是曾祖母和奶奶，她们每天都会来探望姐姐。曾祖母很懊恼自己能接好别人的骨头，却接不了曾孙女的那次断骨。

而曾祖母人生中最懊恼的一件事，发生在两年后。那就是我的爷爷得了重病，生命岌岌可危。听说，曾祖母得知爷爷得重病后，每晚睡觉前就祈祷，让她的丈夫，也就是让我们的曾祖父早早地把她接走，让我的爷爷，也就是她的二儿子能够消除病痛愈全，长命百岁。所有的人，不相信从来没有病痛的曾祖母真的会走。听说，曾祖母走的前几天深夜，四爷爷家门前的电线每晚都像被大风刮了一样"哗哗哗"作响，而当时其实根本没风。几天后，曾祖母真的无疾而终了，享年九十岁。

她走时，奶奶拉着我的小手让我去握一握曾祖母的手，当时她刚刚断气，手心温暖如棉。奶奶说，曾祖母会把晚辈的病痛和灾难都带走的，从此，我们都会平平安安健健康康的。

我还记得曾祖母入殓时，来的人特别多，她老人家孙子就有二十一个，孙女也有十三个。恰好那是个休息天，又是一个炎热的夏天，我们一群曾孙辈只能挤在对面的小厨房里，那晚，门口的萤火虫特别多，特别亮，成群结队星星闪烁般不停地飞舞着，来来回回，或许它们是来迎接善良的曾祖母的，或许这是曾祖母与我们道别的特有方式。

以后，每当听到哀乐声响起时，我就会想起在那个萤火虫飞舞的夏天，曾祖母为了给自己的儿子留一条生路，跟着萤火虫提前飞走了。

而那年，曾祖母在屋后种的南瓜都开花了，却没有结果，提前凋零了……

后记:根

2020年,五一节。朋友夏约我们去他老家玩。

那是个依山傍水的小山村,村不大,却古朴,有着人间最温暖的气息。夏家的老宅在半山腰,门前可以看到不远处的小湖,四周还有潺潺的小溪流过,老宅边上古树成荫,绿藤爬满了一幢又一幢小屋,屋宇都有了沧桑感。有些老屋已有多年没有入住的迹象;有些屋前只有几把破藤椅,挂着几件老人的旧衣裳;有些屋前显得很荒凉,但屋顶的小烟囱冒着缕缕青烟,应该也是老人住的吧。小山村除了鸟语,安静得很。这便是久违的村庄,我所熟悉的村庄,却不是我的村庄!

我站在夏家的老宅前发呆。

一帮朋友开始进屋收拾。其实,在我们来之前,夏已提前回过一次老家,打前站,已清理过一次室内卫生,添补了许多零星日用品。今天,我们就在此用餐,吃正宗的农家菜。夏说:除了海鲜,所有的水果蔬菜,包括肉,都是附近农民自产的,都是新鲜货。听说,那猪是昨天下午刚杀的。近几年，夏一直说要带我看山里人杀土猪，我知道最近这段时间猪肉贵得已超出了我们的想象。但我来自农村，怎么会没看到过杀猪呢，怎么会不清楚杀猪过程呢。小时候，每天放学最重要的一件事就是割猪草。我家还养过兔子、鸡、鸭、鹅，它们都归我负责。当然，那是三十多年前的事儿了。不过，我倒曾想带孩子们见识一下农村杀猪的场景，但后来细想这样血腥的场面，并不适合从小在城里长大的孩子，怕他们的心太脆弱。儿子每晚入睡前总要让我讲故事，我呢，经常把自己童年经历的事儿一件件地挖出来。有一次讲到过年，自然而然地，就把过年前村里集中杀猪的事儿叙述了一遍，应该说整个杀猪的场景我是能很详细地描绘的。包括前天晚上让猪吃点什么，那杀猪刀在晚上被磨得霍霍的声音，把猪捆到两条合并的木凳上的情景，甚至猪被绑前发出的嚎叫声，现场屠夫拿着那把已磨得锃亮的刀插向猪的喉咙时，猪那哀求绝望的眼神。刀在进入猪身体后，屠夫会特意地在那里转动一下，有时还要另补一刀，这时猪的四肢会强烈地挣扎和颤动，几分钟后，最末一次奋力弹跳。其实，这一切早在我的脑海里生根了。但每次讲时，我会把一些特别残忍的细节略去。儿子曾对村庄的故事很感兴趣，问："妈妈，你为什么不写儿童文学呢？"我答："妈妈的想象力还不够丰富，童心也不足。"儿子却又恰当地说："你每天拿自己的童年版讲给我们听，这还叫童心不足吗？我看你完全可以写儿童文学，肯定会有很多小朋友喜欢读的。哪怕只写给我们姐弟俩看，你也该试试啊。"儿子童真的话，让我很惭愧，或许是我们当父母的给孩子在学习业上的压力过大，挤占了他们太多的童年时光，才会让儿子觉得妈妈的童年生活是多么的有趣和丰富。当然，这一切都归功于我的村庄。

突然，一声"吭吭"的鹅叫，打断了小山村的寂静。原来，从外面正走来一群与我们一样的山外人，也是拖儿带女的，有一位十来岁的小男孩正在赶鹅，时髦的妈妈正在后面阻拦孩子，边上还有一位四五岁的小女孩正惊恐地躲避在墙角，一脸的哭泣状，不敢再前行。看来，妈妈是怕鹅去啄小女孩。然而，鹅却拍着那并不会飞翔的翅膀，抬着头大叫着拐了个弯，向夏家边上的花圃跑去，一路还顺带拉了一地的稀屎，一溜烟，便不见了。

眼前的花圃因多年未打理，已花草丛生，过于繁密。这个不规则的花圃倒很像我们老家的后花园。以前，在我们农村，每个小伙伴家门口或边上都会有一个小花坛，也就是在一个泥土堆四周徒手砌上几片红砖或灰瓦，简单而整洁。花坛无论大小，里面种满了鸡冠花、牵牛花、太阳花、地兰花、栀子花、凤仙花、野蔷薇……花儿极其普通，但每一朵在我们小屁孩的眼里都是那么的艳丽与高贵。小伙伴们每天晚上睡觉前都要仔细地数一数坛里的花蕾，第二天一早在晒谷场上报数自家的花儿怒放了几朵。我家后花园坛边最高处有个旧的搪瓷大脸盆，里面种的是我最喜欢的太阳花，夏天的早晨总是开得满满一大盆，星星点点，五颜六色，灿烂无比。我们女生特别喜欢那一簇簇的满头红，也即凤仙花，我们绝不舍得浪费一片花瓣，适当时节——收集起来放在石臼里加点明矾捣碎了，然后到田里摘几片椭圆形的新鲜毛豆叶，洗净，再向老祖母要几根缝补用的细棉绳，在临睡前请母亲把我们的手指和脚趾都——包上。第二天醒来，十指十甲，包括指甲四周的皮肤都是酱红色的，一片艳丽。各家开得最艳还往往数篱笆边上的野蔷薇，热烈奔放，且花期很长。

今天，在夏家的小山村再次见到了顽强的野蔷薇，爬满了整个小山坡，爬满了一座座小屋。赶鹅的调皮男孩绕过带刺的野蔷薇，也转了个弯，在后面一棵桑树上折了一根树枝，拿着它走进了小花圃。那棵桑树似乎有些年纪了，显得有些粗壮与老态。我想，它不会因为失去一个小枝条而受伤吧。要是在我们小时候，怎么都不舍得去折桑树枝的。桑树与我们小朋友的感情比花草更深厚。为什么？因为小朋友们都爱养蚕宝宝。四十多年前，我的爷爷特意在进村的路边为我们孙辈种了一棵小桑树。但每年一到春天，只要树上抽出一点点嫩叶，就有人来盗取。有时爷爷会特意帮我们看管着。可没用，他老人家更多的时候必须到田里去劳作。我们每天放学回来的第一件是就是查看桑叶少了几片。其实，上面压根儿没几片。被偷过后变得光秃秃的。好像从未见过我们的小桑树结过果子。若有，也在桑果未完全成熟前就被偷了。为了报复邻村小朋友对我们村桑叶的侵略，我也曾在一个周三下午放学时，组织同村的小伙伴们去邻村进行偷摘。邻村里的那棵桑树比我们的小桑树繁茂许多，种在河边，地势危险。我记得那树根长在河岸上，树干树枝全部倾斜式地长在河面上，好多叶子基本上是浸在河水里的。小小的我居然天不怕，地不怕，不怕掉到河里去。其实，我至今还是个旱鸭子，当时仍壮着胆爬上树，叫下面几个同龄的男生女生放风。记得那顶端的桑果是黑紫色的，是我吃过的最好的桑果，现在水果店里当季时也会有很多桑果出售，我买过多次，怎么也找不到童年时的味道。我想难道现在的桑果真的变味了？什么原因呢？一样都是长在树上啊。后来仔细琢磨，是时代的变迁之故，桑果里没有浸染童年的顽皮，怎么再现当年的甜蜜？夏家门边的那棵桑树至少也有三四十年的树龄了吧，我却不知道我们村及邻村的桑树现在何处，是腐朽了，还是在拆迁时被当作栋梁之材了？

不知为什么，泪水流了下来。

"喝杯茶吧，自己采的。"夏妈妈的热情把我拉回到现实中。

这是我第一次见夏妈妈。中等身材，六十七岁，穿着一套素净的白底黑色小花纹衬衣衬裤，脸色白皙，已然找不到当年山民的痕迹，她已经跟着儿子做了十多年的城里人。刚才路上过来时，她告诉我们，这边山里还有蚊子。所以，她特意穿了这套长袖衣服。我说夏妈妈很年轻，看上去才五十几岁。她笑着说，那是托了儿子儿媳妇的福。

回到老宅，夏妈妈比谁都忙，进进出出，不停地招呼我们吃这吃那，脚步轻盈，脸上始终挂着欢快的笑容。我想除了儿子和儿媳的孝顺，回到小山村的那种亲切感、回归感，更让她感觉满足与幸福吧。终究，她还有自己的老家，还有自己的小山村，还有那淳朴的乡音。

突然，我明白了，认识夏快十年了，他的眼睛里好像永远都闪烁着愉悦的光辉，透着笑意，每次碰到都是无忧无虑地嬉闹玩乐，他的嗓音也是跳跃的，欢快得像要爆炸，他的声音很有魔力，能将自己的愉悦从四面传播开去，有他在的地方就有欢声笑语。或许夏就是继承了母亲的欢乐。

我知道，夏的创业之路充满了艰辛和荆棘，却从未听他说过一句抱怨的话，脸上总洋溢着笑容。但有一次提到母亲，他一改平时在我们面前的活跃状，一下子变得非常严肃而沉重，说，这些年，他如此努力奋斗，就是为了给母亲争脸面。他之前二十年的奋斗就是为了让母亲感到骄傲。他说很小的时候父亲就因病过世了，母亲独自带着他，当时的山村经济不发达，只能靠山存活。在班上，每次他都是最后一个交学费的学生。纵然这样，母亲还总是不能交出那几块学费。而他的成绩一直是班上的佼佼者。高二上半学期，他的学费照样延期，全班就剩他一个没交了。老师虽然知道他家贫穷，也只能一而再再而三地催。那是个阳光明媚的午后，他正在操场上运动，有一个满脸漆黑的妇人向他招手，身上背着一个沉重的袋子，腰被压得很低很低。他循声而去，走近了才看清，原来是自己的母亲，三十多岁的母亲什么时候变得这么苍老？他震惊极了。母亲的脸上唯有那双眼睛是明亮的，虽然疲惫，母亲却依然兴奋地说："儿子，问问老师能不能用这袋栗子抵学费？"他当即帮母亲卸下身上的东西，同时，心里默默地做了一个重要的决定。

第二天早上，他整理好了所有的东西，向班主任老师躬了个躬，结束了优异的学习生涯。同时，也结束了小山村生活，独自背上行囊，走南闯北去了。

这个十六岁的男孩当时只有一个目标：勤奋工作，让自己成为母亲的依靠，让母亲过上幸福轻松的生活。

二十多年过去了，他做到了！

如今，这个四十岁的男子，不仅拥有了一个幸福的三口之家，儿子聪明，夫妻各自事业有成。重要的是，他的母亲自他结婚后一直与他们生活在一起，更可贵的是他的妻子比他还孝顺母亲。

听，今天的夏，依然是笑得最响亮最爽朗的那个，他的笑声早已把自己年少时的苦恼与痛苦全部散发而尽。我们看到的是他纯粹的生命的自然的散发。他的乐观传染给了我们每一位朋友，如今，传染给了他的老家。夏家小村，因他的归来，因他带来一批与他一样纯粹的朋友而再次焕发青春的光彩。

我端着夏妈妈泡的绿茶，似乎看到了二十多年前在山村里奔跑的夏，也看到了自己。那时候，我也经常在老家的村庄里疯跑。

春天，我们爬树梢，攀山头，到处寻找奇花异草。我家后院有一盆兰花就是当年从山上挖来的，一直长势繁茂，每当闻到幽幽清香时，肯定是那株兰花开了。我却没在拆迁前把它移植出来。或许，当时已根本找不到那棵茁壮的兰花，但我相信，它那时肯定还好好地活着。至今，我最后悔的就是没有把它移出来。

夏天，捉蜻蜓，捉蟋蟀，捉大刀谷蜢，拾稻穗，我们都曾一刻不得停息。

秋天，偷瓜摘果，偷别人家地里的紫云英当猪草，等等，这种事儿我们都没少干。而且晚上是由萤火虫带路去偷的，偷得相当的快乐与浪漫。有人说偷是一种古老的本性，小孩的偷不算偷。我又记起一年级时，邻村有个男生偷了我们村一个小女孩的一把尺，我一定要他交出来。后来，他真的交出来了。听说，他爸是政府部门的，后来他转了学。我们再也没正式见过面，听说他在某一艺术领域挺有建树。

冬天，雪后捕麻雀、堆雪人、打雪仗。过年前祭灶神，掸灰尘，除夕夜噼里啪啦放鞭炮当然都少不了我们的。

可孩提时代的那一切都已成为梦，欢乐而宁静的村庄已经难以找寻。许多村庄不是被拆了，就是仅剩下孤老残弱。无论我们对曾经的村庄有多么热爱与渴望，但我们更多的依然是向往城市里的生活，没生活在城市里的也努力生活在城乡接合部的吵闹之地，说是为了获得更为广阔的视野和更加自由的灵魂。但当我们静下来时，扪心自问，我们最爱的到底是什么？最想念的又是什么？

或许，想的就是眼前小山村看到的那个小虫子是不是我们小时候屋檐下挂丝的那条？为什么还在那儿长大，为什么不曾死去，以后我们还会再见它吗？

夏家屋檐下还有一个旧燕子窝，曾经那儿叽叽喳喳甚是热闹，不知道那批燕子来过几年，从什么时候开始就不再归来，如今，它们的后代在哪个村庄繁衍生息？

中餐时，我甚至还看到了夏家老屋里那被煤油灯熏过的斑驳痕迹。我也曾趴在煤油灯下做作业。突然想，那时候我怎么也不会想到世上还有个夏，多少年后我们会成为如此亲密的好朋友。今天，因为小山村，因为思乡我们聚集在这里。这是隐藏在许多中年人内心深处的一个普通而又卑微的愿望，一个永远无法抹去的情结。我的父辈，他们的老家情结远比我深。村庄消失了，他们像失根的花儿无家可归，再也找不到原来的老屋。而又有多少像我父亲那样的老年人、中年人，亦无村庄可寻。多少儿童不知道老家的味道，只能从前辈的嘴里听听而已。

2020-11-23